落葉して根に帰る

満州にとり残された少年の戦争と戦後

長谷川忠雄

海鳥社

発刊を祝して

中国人強制連行・強制労働弁護団団長　松岡　肇

この度、二〇一四年に出版された長谷川さんの『一粒の麦　地に落ちて』が改稿されて、新たに出版されると聞いて大変嬉しく思いました。ご高齢の長谷川さんのご努力と執念に敬服するとともに、何よりも心からお喜びを申し上げます。

私が長谷川さんを知ったのは、福岡で「中国人強制連行・強制労働事件」の裁判に取り組んだとき、佐世保に住んでおられる長谷川さんに通訳をお願いしたときからです。

その後裁判が進む中で、この裁判に中国の弁護士として関わった康健律師（弁護士）が、「私は日本で全国の多くの裁判で幾人もの通訳と接したが長谷川さんの中国語が一番見事で、これこそ中国人の中国語だ」と言われたとき、中国語がわからない私もあらためて長谷川さんの通訳を見直したのでした。

この本に詳しく書かれていますが、長谷川さんのご両親は一九三〇年にブラジルに移民され、長谷川さんは一九三三年にブラジルで生まれています。前の本ではブラジルでの生活にはほとんど触れられていませんでしたが、今度はじめて長谷川さんのブラジルでの生活の一部が示されてよかったと思います。ブラジルでの十年に及ぶ移民生活を経て、世界情勢の動きもあって一九四〇年に家族そろって日本に帰国されましたが、まもなく中国最北地（当時の満州）の佳木斯を経てさらに奥地の富錦に移住しておられます。長谷川さんが七歳のときです。

日本政府は日清、日露戦争を経て中国北部（満州）への権益拡張をはかり、一九〇七、〇八年頃から日本人の満州移住を計画し、一九三二年には満州国を建国し、一九三七年には「満州産業開発五カ年計画」や「満州農業移民計画」を作って満州への移民を拡大、推進をはかりました。さらに日本政府は「満蒙開拓団」を組織したほか「満蒙開拓青少年義勇隊」まで組織して中国北部（満蒙）への進出・侵略をはかりました。長谷川さん一家の移民は独自になされたものですが大きく見れば当時の日本の政策と一体となるものでしょう。

それからわずか五年後の一九四五年に日本は敗戦となり、ソ連軍の参戦・攻撃もあって家族ぐるみの命がけの逃避行がはじまります。長谷川さんわずか十二歳のときです。ここではこれ以上触れませんが、私はこれまで多くの人の手記や思い出話を聞いたり読んだりしてきましたが、長谷川さんほどの波乱万丈の人生は聞いたことがありません。ブラジルでの生活はもとよりですが、中国での逃避行の中では、ご両親が目の前で亡くなり（殺され）、怪我したお姉さんを置き去りにせざるを得なくなり（連れていけない）、五番目のお姉さんは行方不明になり……。それは人が経験する全ての悲惨を一人で一度に経験した人生だと言えます。

こうして言葉につくせない中国での逃避行や苦難を生活を経て一九五三年、長谷川さんは二十歳のときに日本に帰国されます。ここには書かれていませんが、私が前に聞いたところでは、一九四九年十月一日の中華人民共和国建国の日には、天安門の前を行進する戦車隊の一員だった。長谷川さんは、逃避行の途中で中共軍の戦車隊に所属して（採用されて）、日本の技術者の指導のもとで、自動車や戦車の修理に整備に従事し、さまざまな経験をされたということです。当時の中国の実情を考えれば、機械などの製作や修理の技術はもっぱら日本人技術者に頼るほかはなかったと言えます。残留日本人は、そのとき置かれた状況の中で自分の生存を維持するための選択をする以外になかったのです。この本の中で、長谷川さんは当時の中共軍の規律の厳格さを知ると同時に、中共軍の残留日本人に対する配慮の深さなどにも触れ、直接見聞きしたことを率直に述べておられます。そこにはそれまでに子供ながらに見聞きした旧日本軍への新たな認識や理解などと比較しながら、歴史的真実を摑み、帰国後の人生に生かされたことが読み取れます。

また長谷川さんは、中華人民共和国に派遣されてきたソ連軍事技術将校の技術の低さやレベルの低さにも首をかしげておられます。苦しい経験の中にも学ぶことを忘れなかった長谷川さんの生き方を見る思いがします。

長谷川さんは、帰国後生活のために、すぐ故郷（伊万里）の自動車整備工場に就職されます。日給わずか一九〇円ほど、月収五千円に及ばず、下宿代が四五〇〇円だったと言いますから生活は大変だったと思います。その後さまざまな仕事に従事し、苦労を重ねながら、中国での経験を生かし、優れた中国語を使い、国際色豊な仕事の分野を広げておられます。

そして長谷川さんは、最後の就職先（機械や設備の輸出会社）を退職してからは、何度も中国を訪れ、昔住んだ最北の佳木斯や富錦を訪ね、ご両親が最期を迎えられた黒竜江省宝清の地を訪ねて慰霊し、弔われています。ほかの昔なじみの中国の人たちと旧交を暖めながら、さまざまな地を訪ね、慰霊祭を行うなど、文字通り日中友好の絆を固めておられるのです。私はその努力と思いの深さに圧倒されました。

他方、私などの要請を入れて、中国人強制連行・強制労働事件の通訳をしていただき、先に述べたように、中国の弁護士が感動するほどの巧な中国語で裁判の進行を果たしていただいたのです。中国の労工原告が証言するとき、長谷川さんの通訳だと、労工の発言は間髪を入れず日本語に訳され、日本の弁護士の質問は即座に中国語に訳されました。同じ言葉でも日本と中国では理解の仕方が違う場合があるといいます。そんなときにも何のためらいもなく中国人が理解する言葉に訳されるのだろうと思いました。同時に長谷川さんは専門語を訳する場合（例えば法律用語）は大変慎重でした。私は中国語は全く分からないのですが、その様子を見て通訳の慎重さを感じたものでした。この長谷川さんの心配りはこの本の随所に見られます。私が推薦せずにおれない理由の一つです。

長谷川さんはこの本の終わりの方に、この文章を残そうと思った理由として、侵略戦争の悲惨さを述べ、今の社会があの暗黒の昭和期に似ていると言っておられます。さらに安倍政権のもとで進められる「特定秘密保護法」や「集団的自衛権」の問題にも触れて、戦中・戦後の悲惨さ、残虐さ、屈辱を振り返っておられます。同時に長谷川さんは日本の平和憲法にも触れ、それを守ることの大切さや重要さも述べておられます。その意味で、この本は単なる回顧《かいこ》や思い出のためのものではなく、今日の日本を深く見つめた長谷川さんの思いが綴られているのです。ぜひ多くの人に読んで欲しいと思います。

平成三十年六月吉日

刊行によせて

高校生平和大使派遣委員会代表　平野伸人

長谷川忠雄さんは長崎における中国人強制連行問題をともにたたかってきた友人であり同志でもある。その活動の過程で、「凄まじい」としか言いようのない、長谷川さんの半生に触れてきた。この半生を語り継がなければならない、そして、日中はもとより世界が戦争のない世界を作らなければならないという決意の証にしなければならないと切に思ってきた。この長谷川さんの半生が形になる意味はとてつもなく大きい。

何度も、中国に行き、長谷川さんに助けられながら、長崎に於ける中国人強制連行問題に取り組んできた。その折々に、長谷川さんの生き様に触れてきた。「凄まじい」半生でありながら、淡々と語る長谷川さんの人柄にもふれ、尊敬もしてきた。

原爆が投下された当時、現在の平和公園のある丘にあった「長崎刑務所・浦上刑務支所」は、日本の最西端にある刑務所であった。上海航路で中国ともっとも近い長崎にある刑務所は単に「最西端にある」と言うばかりではなく「政治犯の収容される刑務所」という役割もあった。中国や朝鮮と近い関係から中国の「抗日運動家」や朝鮮の「独立運動家」などが拘留されていた刑務所でもあったという。さらに、戦況が厳しくなる中、日本各地の労働力不足を補うために中国人強制連行が行われ、長崎の崎戸・鹿町・高島・端島の四事業所に千人以上の中国人が強制労働に駆り立てられ、治安維持法違反容疑で少なくとも三十二人の中国人が収監されていた。そして、一九四五年八月九日の原爆投下により、全員が即死している。被爆五十周年（一九九五年）を控えた一九九二年、現在の長崎平和公園は大きな改修工事が行われた。平和公園を改修して、地下に大きな駐車場を建設するために大きな重機が入り、巨大な穴が掘り進められていた。工事が始まってまもなく、建造物基礎部分や死刑場の基礎部分といった、旧浦上刑務支所の遺構が地中から顔を出した。

強制連行の末に原爆の犠牲となった中国人の存在も次々に明らかになっていった。「死者への手紙」と言う形で中国に出した手紙からは次々と返事があった。「父は生きているかもしれないと、かすかな希望をもっていたのに……。」「夫がいなくなって、私たち家族は生活もできなくなりました。」と言った悲痛な叫びがかえってきた。鹿町・崎戸・高島・端島に強制連行された人々のうちの生存者（幸存者）と面会すると同時に、原爆犠牲者の遺族にも面会した。そして、この調査から、裁判へと取り組みが進み。二〇〇八年には、平和公園に中国人原爆犠牲者追悼碑が建立されるに至った。そのような取り組みの中には、必ずと言っていいほど、長谷川さんの姿があった。毎年、七月七日には追悼式が行われる。平和公園を訪れる多くの人々が、この地で原爆で殺された中国人の存在を知るだろう。そして、「原爆と戦争」について考えるだろう。
私は一九九八年以来、二十年にわたり、核兵器と平和な世界の実現を求める『高校生平和大使』を発案し、高校生の平和活動を支援してきた。国連をはじめ、各国に、平和の使者としての高校生平和大使は二十年目、約二百人になる。また、この活動に関わってきた高校生は、のべ二千人にのぼる。これからの未来を拓く若者に読んでもらいたいのが本書でもある。車のバックミラーのように後ろをみながら前に進める。まさに、本書が伝えたいものではないかと思う。

平成三十年八月吉日

はじめに

一握りの人たちの「美しい日本を取り戻そう」のかけ声のもと、世の中は暗くて明日の命さえわからない「いつか通った道」へ逆戻りしようとしているように思えてなりません。それは、今の社会が昭和初期の状況に酷似《こくじ》しているからです。当時の日本は、対外勢力拡張をくわだて、中国侵略に余念がなかった頃でした。一九二八（昭和三）年のパリ不戦条約に署名した手前、外国との武力戦闘を〇〇事変、〇〇事件といいかえ、中国との間で「満洲事変」「盧溝橋《ろこうきょう》事件」と激しい戦闘をくりひろげていました。やがて日本は、侵略戦争の泥沼にはまり込み、一九三七年暮れから翌年にかけての、あのおぞましい南京大虐殺事件へと続いていきます。当時、日本政府が軽く考えていた中国侵略戦争が第二次世界大戦へとつながり、その結果、一九四五年に敗戦。国家破滅に至りました。

「戦闘」を「事件」「事変」に置き換え、糊塗《こと》してきた言葉遊びが、今また海外派遣の自衛隊に用いられようとしています。非常に危ない話です。派遣部隊の現地報告の中に「現地では、戦車や迫撃砲を用いた激しい戦闘があった」とあるのを、稲田防衛相は「それは法的な戦闘行為ではなく、たんなる武力を用いた争い」だという。

私は思う。戦闘を法的、私的を一体誰が判定し、決めるのでしょうか。

たった一発の銃声で、日中が全面戦争に至った事実をこの人は知らないのでしょうか？　知っていて知らないふりをしているのでしょうか？　一事が万事、目の前の真実に眼をつむり、糊塗していくのでしょうか？　南京事件一つとっても、またしかりだと思います。

当時の南京は中国の首都でした。首都には世界中の新聞特派員が駐在しており、日本占領部隊によるあの残忍な大殺戮《さつりく》の蛮行は、特派員らの手により、たちまち世界中に知れわたりました。ただ、日本人だけが厳しい言論統制のもと、何も知らされずに狂ったかのように「南京攻略万々歳」と提灯行列までしていました。当時、一人の新聞記者による戦地からの報道で、「生きている兵隊」という記事が発表されました。その内容は、前線の日本軍兵士による放火、略奪、殺人、レイプなどの蛮行の数々でした。しかし、その報道に驚いた当時の軍部は強権にものをいわせ、こともあろうか司法を操り、陸軍刑法違反だとか、新聞紙法違反だとか、訳のわからぬ罪で彼を実刑に処しました。軍の力で事実を覆《おお》い隠し、彼自身は何一つ嘘を書いていないにもかかわらず、軍の意向で実刑を受ける羽目になったのです。その後、日本国内の新聞・雑誌などの発表は、すべて大本営の意のままになり、軍部の顔色をうかがう自主性のない傀儡報道機関になりさがってしまいます。今また、この暗黒時代に逆戻りしているとしか思えません。

集団的自衛権や特定秘密保護法などの施行がよい例ではないでしょうか。誰が好きこのんで地球の裏側まで出かけて戦争に参加するでしょうか。何が特定秘密なのか。知らぬ間に国民は法律で縛《しば》られてゆく。このようにして真綿で首を絞めるように人々を騙《だま》し導き、国民が気づいたときはすでに手遅れです。そのときは、姿を変えた戦前の社会が眼の前に現れていることでしょう。それは今からそう遠くない一九二五（大正十五）年に突然施行された「治安維持法」の再来ではないでしょうか。最初は治安の維持のためといいながら、最後は日本国民全体をがんじがらめに縛りつけた、最悪の法律になったことを絶対に忘れてはなりません。

かつての日本は、他民族を蔑視し、日本民族が一番優秀な一等国民、朝鮮の人を二等国民と呼び、中国の人を三等国民呼ばわりしていました。三等国民は無知で何ら自主性もなく、砂のようにまとまりのない人種なのだそうです。だから一等国民の日本が先頭に立って指導しなければならないと。

私が小学校へあがる一九四〇、四一年頃の男の子は、早く大きくなり、少年飛行兵や軍艦乗りになって戦争に行き、天皇陛下のために「名誉の戦死」を遂げることが男の子に生まれた本懐《ほんかい》とばかりいいきかされて育ってきました。小学校の校長は、授業中に弓なりになった日本列島の地図を指して「この地図を見なさい、まさに日本全体が南に向かって前進する勇ましい姿です。この地図が示すように、日本人はアジア諸国民の先頭に立って、世界を征服しなければなりません」と日本地図の地勢一つも見逃さず誇張するのを忘れませんでした。

終戦間際の学校では、男性教師はすべて兵役にとられていました。その穴埋めに、現地駐屯《ちゆうとん》の部隊から現役兵を代用教員として学校へ派遣していました。その代用教員たちの教え方は完全な軍隊式で、子供たちを惑わせました。初年兵が銃の操練《そうれん》中に間違って薬莢《やつきよう》一個でも失うと、重い体罰のあげく、広い練兵場《れんぺいじよう》をくまなく探させていたにもかかわらず、彼らはどこでくすねてきたのか、いつも実砲を一、二発持っていました。偶然、広い学校の運動場に近所の貧しい中国人が飼う豚が迷い込んだりすると、児童たちをしりぞかせて実弾を込めた銃で豚を仕留め、近所の中国人飼い主が「豚を返して下さい」と懇願するのを横目にしながら自分勝手に切りさばき、「美味い豚汁ができるぞ！　皆来て食べろ！　これは戦利品だ」と呼びかけて、校長を先頭に喜んで食べてしまうのでした。これは子供の目から見ても理不尽に思えました。豚が校庭に迷いこむのもこれがはじめてではなく、いつものことだったのに。

今から七十三年前の一九四五年八月、私は幻の傀儡国家満州国の北部、中露国境近くの小さな町で日本帝国の崩壊に伴うみじめな敗戦を迎えました。本来ならば住民を守るべき軍や役所の人たちは我先に逃げ出し、住民は地獄のような戦場の真っただ中に放置されてしまいました。その戦場の混乱した悲惨な状況の中で、一瞬にして最愛の両親や姉たちを失い、私と弟（当時十二歳と弟十歳）は異国の地で亡国の民となりました。幼かった私たちが途方に暮れていたとき、一面識もない中国の貧しい人たちが、仏のような慈悲深さで、生死の狭間をさまよっていた私たちに、暖かい援助の手を差しのべてくれました。この恩を私は終生忘れることはできません。

「歴史を軽んずるものは将来を誤る」といわれます。しかし、我が日本はどうでしょうか。自分たちの先祖や先輩が侵略戦争の中で犯した南京大虐殺、従軍慰安婦問題、または中国、朝鮮各地からの強制連行、強制労働など、数多くの戦後未解決の問題に対し、心ある政治家が謝罪の意を表明すると、それを片端から否定し、民間がやった事件だとか、すでに解決済みだという不謹慎な政治家があらわれます。どのような理由があるにせよ、自国が犯した罪は潔く認めることが正道ではないでしょうか。それ抜きにして、日本が世界の国から信頼され、名誉ある国として認められることはないと思います。

かつての日本帝国は「満州は我が国の生命線だ」と称して、一方的に隣国を侵略し、朝鮮半島や中国東北地方、台湾を植民地化して思うままに支配しました。それでも飽き足らず、中国大陸への侵略を重ねました。さらに、東南アジアを占領していた米英諸国との間にどうしょうもない経済的矛盾が生じ、最後は第二次世界大戦へと突き進み、尊い四百万近い自国民の命を犠牲にしました。米軍の猛爆撃を受け、全国津々浦々の主要な都市は見事に焼け野原と化し、全国民を塗炭《とたん》の苦しみに陥し入れ、日本国自体も丸裸の状態にまで追いやりました。それは日清戦争からわずか五十年間の出来事で、「大日本帝国」は完全に消滅したのです。この事実こそ戦争がもたらした悲惨で空しい結果ではなく一体何でしょか。

戦時中、日本政府は常々「五族協和」「大東亜共栄圏」を唱え、「はばたけ王道楽土の満州へ」と国民を煽りたてていました。大勢の国民がそのスローガンを真に受け、自分の故郷をあとにして外地へと赴きました。しかし、いざ敗戦となると、日本政府機関や日本軍部は自国民を打ち捨てて、我先にと撤退していきました。あとに残された日本人居留民は、侵攻してきたソ連軍の蹂躙され、今まで日本側に、好き放題に略奪されてきた現地の人たちから報復的な扱いを受けてきました。私たちの命は明日さえ知れない、まさに風前の灯でした。植民地時代に日本が犯した数々の罪業に対する一切のツケを、すべて残留日本人が一身に背負わさせられたのではないでしょうか。中国東北の中露国境近くに入植させられた開拓団および開拓義勇隊の人々は、使い物にならない時代遅れの旧式三八式歩兵銃や村田銃を持たされたばかりに、強大なソビエト軍に立ち向かわざるを得ず、無残な結果を迎えたのではないでしょうか。当時、経済的に貧しい開拓団の中から男という男は、中年の人まで非常招集の名で軍に根こそぎ取られて、残りの女と老人、子供たちは戦争の真っただ中へ放り出したのです。

戦争という悪魔に取りつかれた狂気の昭和初期の中で、私たち一家も大家族を引き連れ、地を這《は》うようにして、一族のささやかな生存の地を探し求めていました。ほとんど地球を一周した果てにたどり着いた満州の地で、己の生前の足跡一つ残すことなく空しく世を去った両親、姉たちの無念を思うとき、私はあとに残された者の一人としていたたまれない気持ちになります。

私は、地獄のようなあの戦争の時代を知らない後世の人たちが、二度とこの愚かな過ちを繰り返さないことを乞い願い、またあの戦乱の中、空しく異国の地で、または国内で、無差別爆撃、原爆などで尊い命を落としたすべての人や我が一族の霊を慰めるために、辛くも生き延びた一人の人間として、あえてこの拙い一文を記す決心をしました。

平成三十年八月吉日

長谷川忠雄

落葉して根に帰る◉目次

満州での暮らし

収容所から製粉工場へ

解放軍での日々

帰国、そして慰霊行へ

■昭和8（1933）年頃のブラジル・サンパウロ州の地図

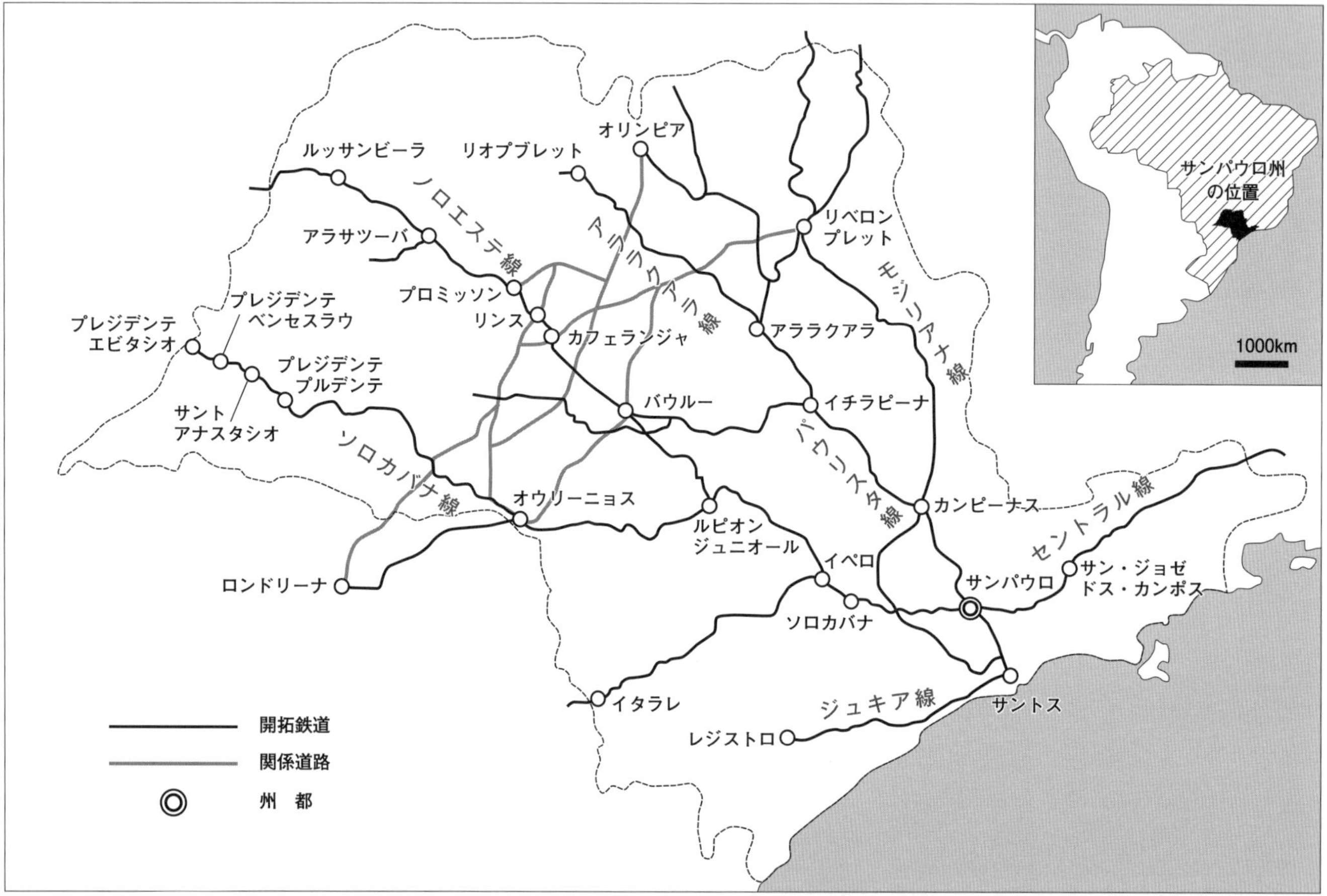

半澤典子「ブラジル・ノロエステ地方における日本語新聞の果たした役割」に掲載の地図を参考に作成

■昭和20（1945）年頃の満州の地図

今尾恵介・原武史監修『日本鉄道旅行地図帳——歴史編成 満州樺太』（新潮社）を参考に作成

プロローグ

私の生い立ち

佐賀市兵庫町若宮に長谷川の先祖の古い墓がある。その墓は長谷川一族の長男・長谷川武一伯父が継いだ。伯父には子がなく、のちに養子をもらったという話だが、今では居場所も定かではない。

一九五三（昭和二十八）年に帰国したのち、姉に連れられて一度墓参りをしたことがある。曾祖父が建てた墓は、長年の風雨にさらされてかなり傷んでいた。その法名塔《ほうみょうとう》を丹念《たんねん》に見ると、次のことが刻《きざ》まれていた。

曾祖父・長谷川武佐衛門善勝、一八四三（天保十三）年九月五日（没年令不詳）、曾祖母・長谷川チエ、一九〇一（明治三十四）年九月二十三日、九十一歳で亡くなっている。

法名塔：死者の名前や業績などを墓石に簡潔に刻んだもの。

祖父・長谷川兵之助善尊、一八八九年七月二十九日四十四歳没、祖母・長谷川ムラ、一九〇二年九月七日五十三歳没とある。

父・長谷川源吾は祖父・兵之助の四男として、一八八八年十一月十一日に生を受ける。墓碑銘《ぼひめい》から見ると、祖父は父が生まれた翌年の一八八九年に亡くなっていっる。四十四歳の若さである。何かの病《やまい》だったのだろうか。祖母も一九〇二年に亡くなっている。父が十三、四歳のことで、いかに苦労したかがうかがわれる。

私は父と年齢が大きくかけ離れていたためか、話をすることはほとんどなかった。私が以下に述べることは、お袋から直接聞いた話や、私が成人したのちに猛兄や初江姉、喜久子姉から伝え聞いた話を総合したものである。

兄の猛は渡米初期の頃、単身で世界一周無銭旅行《むせんりょこう》をくわだてたほどの人物で、特に世界地理にとても詳しい人だった。

当時、南米のサントス港へ行けば各国の船が出入りしており、その船のキャプテンに頼み込めば、身の回りの世話などを条件に、わりと簡単に要求する目的地まで行ける時代だったようだ。中でも、日本人の子は勤勉《きんべん》でよく働くという評判で歓迎されていたらしい。しかしこの兄の夢も、少しでも働き手が欲しい両親に反対され、断念するほかなかった。

廃藩置県：一八七一年、明治政府がそれまでの藩制を廃止し、地方統治を中央管下の府と県に一元化した行政改革。

その猛兄がまだ七十歳代のとき、私たち一家が南米行った頃の話を聞いたことがある。一九二〇（大正九）年生まれの兄はよく記憶しており、その前後のことを私に話してくれた。

明治の廃藩置県《はいはんちけん》の頃、旧武家には前の禄高《ろくだか》によって下賜金《かしきん》があったそうで、大伯父・武一へも、当時の金額で二千円ほどのお金が渡ったらしい。のちにその金を元手に、当時建設ブームに沸《わ》いていた佐世保へ出て、荷馬車組合《にばしゃくみあい》を営《いとな》みはじめた。今のようにまだ自動車が発達していなかった時代のこと、荷馬車は物品輸送の花形であった。当時の世相はまだ定まっておらず、まして馬車引き仲間には荒くれ者が多かったらしく、そこで大伯父は英一伯父（父のすぐ上の兄）と父を自分の屋敷に用心棒《ようじんぼう》がわりに住まわせていた。しかし大伯父は、父たち二人にまともな小遣いも渡してくれなかったらしい。そこで、英一伯父と父は互いに話しあって、大伯父の屋敷にある長持《ながも》ちいっぱいの刀剣の中から、銘《めい》のある刀を選んでは質屋で換金し、自分たちの遊ぶお金にあてていたとのことだ。おかげで、長持ち一杯あった刀剣類も最後に残った物は、なまくら刀ばかりになっていたといって父は笑っていたそうだ。

その後、父は佐賀市の隣村に住む蘭《あららぎ》弥一、ウメの四女たま（一八九二年

禄高：与えられる俸禄の額。江戸時代は米に加算して与えられた。俸禄とは今の給料のこと。

下賜金：国から与えられるお金。賜金。

大伯父：祖父母の兄弟。両親の伯父。

長持ち：衣服や調度品など、ものを保管しておく直方体の蓋付きの大きな箱。

長持ち。竿を通して両端を担ぎ、持ち運ぶこともできた

九月二十日生まれ）と結婚し、五男、六女を授かる。長女・初江は一九一〇年、末っ子の文夫は一九三五年生まれなので、同じ兄弟でも長女と末弟とは親子ほども歳の差がある。

両親が一家をなしたのは一九〇九年頃のことである。その頃、何らかの仕事につこうと思えば、まず佐世保へ出ることだったようだ。長男・清から私のすぐ上の政枝まで、皆佐世保生まれである。

長男・清も尋常小学校《じんじょうしょうがっこう》を出ると、すぐ佐世保のある菓子屋へ丁稚奉公《でっちぼうこう》に出されたようだ。

六女の政枝が生まれた一九二八年前後の日本は一体どのような社会だったのだろうか。翌年の一九二九年、ニューヨークの株価大暴落ではじまった大不況は、世界を席巻《せっけん》し、日本社会も大恐慌《だいきょうこう》の真っただ中ではなかったか。町には失業者があふれ、物価は高騰《こうとう》し、当時の主な産業であった農業も疲弊《ひへい》しきっていた。子だくさんの貧乏人にとっては、まさに地獄のような世の中だった。

当時の書物にもあるように、日本全国、特に農村のいたるところで、うら若い娘を泣く泣く手放さないと生きていけない状態だったという。東北のある村落では、若い娘が一人もいなくなり「とうとう乙女が一人もいない村落

尋常小学校：一八八六年、小学校令により設置された旧制の小学校で、満六歳以上の児童に初等普通教育を施した義務教育の学校。期間は最初四年、一九〇七年から六年。一九四一年の国民学校令により「国民学校初等科」に改称された。

丁稚奉公：商家などに年少の頃から下働きとして働くこと。

大恐慌：一九二九年十月二十四日、ウォール街のニューヨーク株式市場での大暴落は「暗黒の木曜日」とも呼ばれ、大恐慌のはじまりとなった。この大恐慌は世界中の資本主義国に影響をおよぼした。

からゆきさん：九州で使われていた言葉で、明治から昭和初期

が出現した」と新聞記事になるほどだったという。
そういう事態は、なにも東北に限ったことではなく、多くの「からゆきさん」を生んだ九州天草、島原をはじめ、日本全国どこでも同じであったと思う。当時、多くの娘たちを海外へ売り飛ばし、大金を手にした女衒《ぜげん》たちは大口納税者として叙勲《じょくん》に輝き、日本内地で大手をふって闊歩《かっぽ》していたという。これが、百鬼夜行《ひゃっきやこう》の世の中でなく何といえばいいのか。なんと悲しい世の中だったのだろうか。『女工哀史《じょこうあいし》』などの書物にあるように、農耕地が少なく雪深い信濃《しなの》一帯では、当時新興《しんこう》の紡績会社《ぼうせきがいしゃ》が農村から大量の娘たちを絹紡《きぬぼう》績工場《せきこうじょう》にかき集め、女工《じょこう》たちを劣悪《れつあく》な作業環境の中で働かせていた。過労《かろう》のため肺結核《はいけつかく》でもわずらうものなら、二束三文の帰《き》郷《きょう》費用を渡して工場を追い出していた時代だ。当時、日本の主だった輸出品は生糸、絹織物だったという。日本の疲弊《ひへい》した農村から動員されてきた女工たちの血と汗を絞って得たお金は、すべて軍備拡張《ぐんびかくちょう》にあてられていた。

にかけて、主に天草諸島付近から東アジア・東南アジアに出稼ぎに出た女性たちのこと。その多くは遊女として働いた。唐行きさん。

女衒：主に女性を買い付け、遊女屋などに売る手引をした仲介業者。

百鬼夜行：悪人が時を得て勝手に振る舞うこと。また、多くの人が怪しく醜い行為をすること。

女工哀史：紡績工場で働く女性たちの姿を描いたルポルタージュ。細川和喜蔵著。京都の貧農に生れた著者が、自身の工場労働者としての生活体験に基づいて、綿糸紡績工場の女子労働者の悲惨な実態を描いたもの。

生糸：蚕の繭から繰りとったままの糸。

両親たちの貧困との闘い

そのような世の中では、どこを探しても子だくさんの貧乏人が生活するような空間などなかった。両親たちが日夜身を粉にして働いても、一家を養うにはほど遠く、背に腹はかえられず、まだ十三歳だった幼い喜久子姉をまさに身を切るような思いで奉公に出した。そして幾ばくかの資金をつくり、藁《わら》にもすがる思いで渡米を思い立った。

その頃、佐賀県嘉瀬《かせ》村（現・佐賀市）に嫁《とつ》いでいた母方の四番目の叔母トキが、結婚後数年たっても子を授からず、娘を一人養女に欲しがっていたという。最後に叔母は「奉公に出す娘はいてもうちへ養女に出す娘はいないのか」とお袋を責めたて、お袋はいやいやながら三女・咲子を養女に出したとのことだ。

その頃の両親の奮闘《ふんとう》ぶりは、今の私には想像すらできない。兄や姉の話を聞くと、お袋は子供たちが目覚めたときはいつも何がしかの仕事をしていて、休んでいる姿を見たことがないほどで、それは本当に〝はがね〟のような女性だったという。それに比べて中肉中背の父はひ弱な体質だったようだ。

毎日大勢の子供たちの世話や掃除、洗濯、食事の段取りを済ませると、次は父が請《う》けてきた力仕事の手伝いに行き、終日父と同じ仕事をして夕方家に帰ると、また子供たちの世話と食事に寝食を惜《お》しんで働き通したそうだ。私がもっと驚いたことは、渡米当初の苦労話だった。

渡米後の奥地での生活は、付近に日本人も少ない無医地区だったそうだ。私や弟を出産したときも、臨月《りんげつ》まで畑へ出て働き、産気づいてからようやく家へ帰り、助産婦もいない環境の中、自分一人で産後の処置一切を済ませたという。まわりに誰一人として知人もいない異国の地で、一人出産を決意したお袋は、きっと自分の命をかけた悲壮な想いであったと推測される。今の自分には全くの神業《かみわざ》としかいいようがない。いつか読んだ作家・三角寛《みすみかん》が著した、山窩《さんか》を描いた小説の中に出てくる母親たちの生活を地で行くありさまだったと思われる。三角寛の記述によれば、山窩の母親たちは、臨月近くになると一人で家族から離れて山里を流れる小川の近くへ小屋掛《こやが》けし、たった一人で出産するのが習わしで、川の水で産湯《うぶゆ》を済ませ、はじめて家族の元へ帰ったという。昔の母たちは本当に強かった。その分、子供一人ひとりに対する愛情も半端ではなかったように思われる。

私たち子供の目から見ても、お袋は貧しい人たちに対してとても優しい人

三角寛：大分県竹田市生まれ。本名は三浦守。昭和期の小説家で山窩研究家。山窩を描いた小説は当時のベストセラーになった。山窩のイメージはこの小説の影響が強い。文芸坐創設者。

山窩：山間部を漂白しながら生活していた人々。山家、山稼、散家とも書き、民間では、ポン、ノアイ、オゲ、ヤマモンなどと呼ばれた。セブリと呼ばれるテントで生活しながら、採った川魚や竹細工を人里で米などと交換したりしていた。資料が少なく、いまだ詳しいことがわかっていない。

だった。それはきっと、自分がどん底の生活苦を味わってきたからではないだろうかと最近思うようになった。

お袋が常々話していたたった一つの自慢話は、「私は十一人の子を持ったが、誰ひとり欠かすことなく全部元気に育て上げた」ということだった。今の時代なら、私のようなものは日の目を見ることはなかっただろう。誠に親の恩は海より深いと痛感させられる。私はその親の恩に、ただただ頭がさがるばかりだ。

今にして思えば、私は生れながらの虚弱児だったようだ。私がまだ三、四歳の頃、お袋は一日の仕事が終わり、入浴、食事を済ませると、下に弟がいるにもかかわらず、毎日のように私を抱いて家近くの夕暮れの道へ出て、子守唄を歌いながらしばらく散歩をするのであった。父も体があまり強い方ではなかったようで、毎日夕食時には決まって、日本から遠いブラジルの地まで取り寄せた養命酒を小さな盃《さかずき》一杯飲むのがならわしだった。それをいつも盃の底に少し残して私に飲ませるのだった。それは私がいつも青い顔をしているからだった。のちに、私が小学校へあがる頃、そのときのことをお袋から聞かされたことがある。お袋がしみじみ「お前は生まれながらの虚弱児だったので、お前が真っ先に遠くへ行ってしまうのではないかといつも心配

養命酒：一六〇二年に創業した養命酒製造株式会社が販売する薬用酒。虚弱体質の改善に効くとされた。少量のアルコールを含む。

していたのだよ」と話してくれた。お袋は大勢の子を育ててきた経験からか、日常から子供たちのちょっとした変調も見逃さず、町医者よりも正確に判断をしていた。

新天地を求めて

ブラジル移民

十六～十八世紀のブラジルは、ポルトガルの植民地だった。沿岸部ではサトウキビのプランテーション、内陸部では金の採掘が行われ、その労働力としてアフリカから大量の奴隷《どれい》が連行されていた。
一八六一～六五年には、アメリカ合衆国で南北戦争が勃発《ぼっぱつ》。戦争中の一八六二年にリンカーン大統領が「奴隷解放宣言」を発表し、奴隷制廃止を訴えた北軍が勝利をおさめた。このような奴隷廃止の動きはブラジルにも波及し、一八八八年に奴隷制が廃止されることになった。その結果、コーヒーやサトウキビを栽培していたプランテーション農場の労働力が不足することになり、ヨーロッパ諸国から移民を受け入れはじめた。

プランテーション：熱帯、亜熱帯地域で、移民や奴隷などの安い労働力を使い、単一の商品作物を大量に栽培する農園。

リンカーン：エイブラハム・リンカーン。アメリカの政治家。第十六代アメリカ合衆国大統領。「人民の人民による人民のための政治」という演説は民主主義の指針として今に残る。

一方、一九〇五（明治三十八）年に日露戦争に勝利をおさめた日本は、多額の戦費の返済に苦しんでいた。金額は約二十億円（現在のお金で約二兆六千億円）、そのほとんどが国内外からの借金（公債）でまかなわれていた。所得税やタバコ、塩などの増税が行われ、経済は困窮。特に農村部の貧しさは深刻だった。このような状況下でブラジルへの移民募集の記事が新聞に掲載されたため、国民の大きな反響を呼んだ。一九〇八年、七八一名を乗せた最初の移民船「笠戸丸」が神戸港を出港。六月十八日、サンパウロ州のサントス港に到着した。しかし、ブラジルでの労働は苛酷《かこく》なうえに低賃金で、その日の生活にも苦労するほどだった。これまでの奴隷制度の習慣から抜け出せない農場もあり、夜逃げする者が続出するなど、第一回の移民は決して成功といえるものではなかった。

一九一四年、オーストリア皇太子の暗殺事件が発生し、第一次世界大戦に発展する。日本は、この戦争をきっかけに不況から立ち直るが、一九二九年にアメリカに端を発する世界恐慌が発生。日本は再び不況の波に飲み込まれた。当時輸出品だった東北の生糸《きいと》値が三分の一、米も半値に暴落。重い小作料にあえぐ農村の娘の身売りが急増し、町には失業者があふれ、生き抜くためにブラジル移民を選択する人が増加した。その頃には、移民した日本人た

奴隷解放宣言：南北戦争中にリンカーン大統領によって出された南部諸州の奴隷の解放を約束した宣言。

第一次世界大戦：一九一四年七月二十八日から一九一八年十一月十一日の四年三カ月続いた、人類最初の世界戦争。帝国主義国家がドイツ・オーストリア・イタリアの三国同盟国とイギリス・フランス・ロシアを中心とした協商国の二陣営に分かれて戦った。総力戦という戦争の性格で、毒ガスなどの大量破壊兵器も使われた。

ちの収入も安定し、中には自営農として独立する者もあった。

神戸からの渡米

一九三〇（昭和五）年、四月二十日、両親とともに神戸から移民船・博多丸で渡米したのは、長男・清、二男・孝一郎、三男・猛と、四女・貞子、五女・八重子、六女・政枝と両親の八名だった。

行きは西回り航路だったそうだ。まず、門司港で石炭や水などを積み込み、その後、香港、シンガポール、スリランカのコロンボ、ケニアのモンバサ、南アフリカのダーバン、ケープタウンなどで石炭や水、食糧を補給しながら、五十五日かけてようやくブラジルのサントス港へたどり着いた。

お袋からは、長い船旅の途中での面白い話をよく聞かされた。香港やシンガポールへ寄港したときは、現地の水上生活者の子供たちが小舟で移民船のまわりへやって来てコインをねだるので、小銭を海面に投げてやると、海の中へ左右に揺れながら沈んでいくコイン目がけて小舟の子供たちがいっせいに海へ飛び込み、競いあって、そのコインを手に握って海面へ上がってくる

たくさんの移民を乗せ、神戸港からブラジルに向けて出港する河内丸（『ブラジル移植民地写真帖』国立国会図書館蔵）

水上生活者：河川や海辺で船を住居として生活している人々。

話や、沖泊りしている移民船のまわりへ小舟で南洋の果物を売りに来る人たちの話、はじめて食べる果物のおいしかったことなど、私たち子供にとって興味の尽きない話ばかりだった。

渡米直前に神戸で撮影。左から次男・孝一郎、三男・猛、五女・八重子、父・源吾、四女・貞子、長男・清、六女・正枝、母・たま（1930年４月末）

旅の目的地・サントス港へ移民の一行が上陸するのを待ち構えていたかのように、現地の青年たちがまわりを取り囲んできた。その人たちは当時南米のあちこちで起きていた内戦が終結し、仕事にあぶれた元兵隊たちだった。彼等は戦いがすんで不要になった武器を移民へ売りつけようと群がってきたのだった。そのとき、父は物めずらしさも手伝って、何かのときに役立つと思い拳銃一丁と短剣一振りを買い求めたそうだ。そのときの品は、私たちが帰国するまで家に残ってい

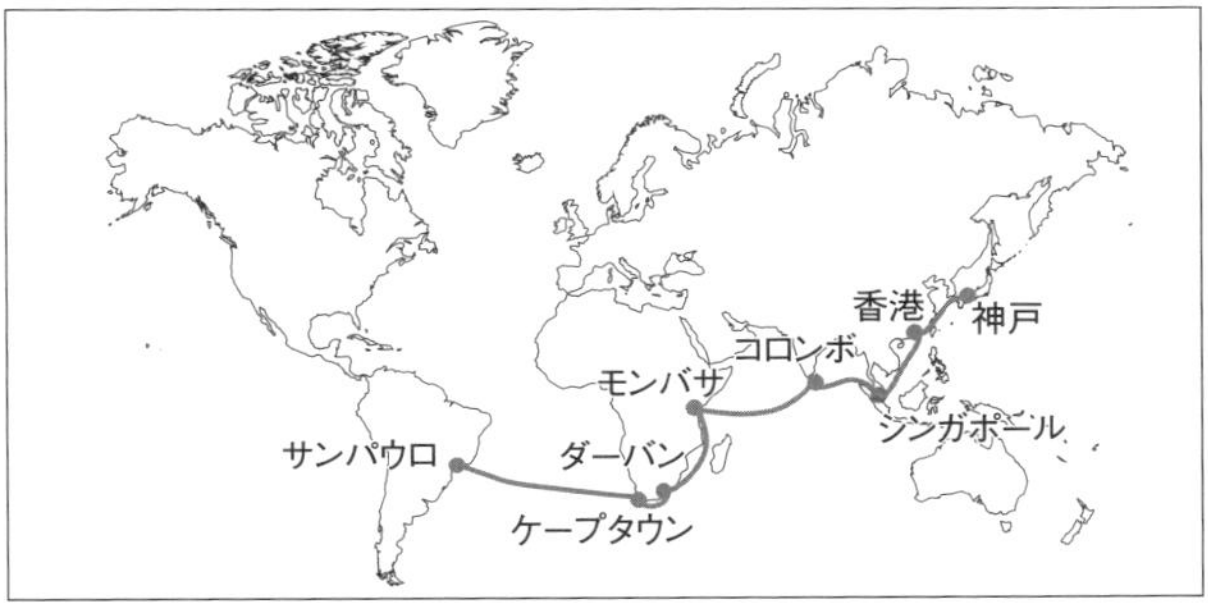

長谷川一家のブラジルへの往路。マラッカ海峡を抜けて、喜望峰をまわる航路でサンパウロにいたる

た。短剣は、その後もっぱら豚を捌《さば》くとき専用になっていた。拳銃は次男・孝一郎の玩具《おもちゃ》のような存在だった。

その拳銃には後日談がある。最後の入植地ベンセスラオ郊外の家での出来事だった。ある日の昼下がり、家の人は全部畑へ出ていて、私と文夫とすぐ上の姉・政枝の三人が庭先で遊んでいたときのことだ。家のすぐ横の大通りから、馬に乗った一人の外人がつかつかと家の敷地へ入ってきた。その男は食糧か水を要求しているようだったが、突然現れた見知らぬ人に近くにいた大型犬エスが「すわ闖入者《ちんにゅうしゃ》！」とばかりに猛然と吠えかかっていった。それを見た外人はよほど怖かったのか、馬上からとっさに銃を引き抜いて飼い犬エスを射殺したのだ。その銃声と飼い犬の死に驚いた私たちはいっせいに大声で泣き叫んだ。

突然の銃声と子供の泣き声におどろいた親たちが、バタバタと畑から家へ駆けつけて来た。愛犬エスの死骸を見た父は頭へ血がのぼり、部屋の拳銃を手にするなり、一目散に先ほどの男が逃げた方向へ追いかけていった。

そのとき、そばに居あわせたお袋は、父が男に返り討ちにならないかと心配して、孝一郎兄へ「早くお父さんを連れ戻しなさい！」というと、兄は笑いながら「心配することないよ　あの拳銃に弾は一発も入ってないし相手は

入植：開拓地や植民地に入り、そこで生活すること。

サントス市街の一部。サントス港は南米東海岸の主要港で、日本の移民はこの港に上陸する（『ブラジル移植民地写真帖』国立国会図書館蔵）

馬だから追いつけっこないよ」と涼しい顔をしていた。ほどなく父はトボトボと帰ってきて、「とうとう相手を見失った」というなり、その場に座り込んでしまった。私たちにとってはとても恐ろしいことだった。

話は少し前後するが、サントスへ上陸した一家は、その足でサンパウロ州リベロンプレット近くのコーヒー園に落ち着いた。当時、南米移住の条件に最初の一年間はコーヒー園のパトロン（一種のブローカー）の元で働くことが決められていたようだ。そこではじめてコーヒー園の管理の仕事をさせられたという。

一家が入植した農園には、コーヒーの木の間のいたるところに大豆が植えてあり、枝豆がたくさん実をつけて、ちょうど食べ頃になっていた。食糧も乏しい頃なので、これ幸いととって食べたという。その翌日、再度行ってみると枝豆はすっかり耕《たがや》されていた。あとで聞いた話では、その枝豆はコーヒーの木の肥料にするものだったそうだ。

一年後、サン・ジョゼ・ドス・カンポスにあるコーヒー園に移り、二年近くいた。そのあと、一九三二年十月頃、プレジデンテ・ベンセスラウのサンタソフイアにあるコーヒー園に移り、そこにも一年近くいて、私はその地で

上：移民収容所の寝室
右：サンパウロ市にある移民収容所。他国から来た移民は一度この施設に入り、各農場へと移っていく（『伯剌西爾移殖民実況写真帖』国立国会図書館蔵）

渡米１年周年の記念撮影

生まれたという。そのあと、もう一度、以前、日本人の関さんが住んでいた家へ移ったそうだ。そこには数軒の家があり、お隣は黒糖づくりをしているスイス人で、そのほかトラックを持つドイツ人や学校の先生をしているイタリア人などが住んでいた。弟・文夫はその地で生まれる。

お袋が口癖《くちぐせ》のようにいっていたその頃の話を思い出す。貞子姉が通っていた現地小学校のイタリア人女性教師は、日頃から貞子姉をとても可愛がってくれていたそうだ。学校が休みの日などはよく姉を自宅へ招き、姉の手足を洗ってきれいな洋服に着がえさせ、それこそ人形と見まがうような格好で遊ばせていたそうだ。また貞子姉もその女性教師にすっかり懐《なつ》いていたようだ

コーヒー農園全景（『ブラジル移植民地写真帖』国立国会図書館蔵）

った。その先生には子供がなく、どうやら貞子姉を養女に欲しがっていたようだ。のちにそれを悟《さと》ったお袋は驚き慌《あわ》てて、それからは貞子姉が遊びに行くのを許さなくなってしまった。そういうことでイタリア人先生一家ともだんだん疎遠になったようだ。

ブラジル生活の思い出

一九三六、三七年秋、私たちの南米生活最後の地ベンセスラウ市郊外にある美陽《ミオ》植民地へ移転する。引っ越し当日はどうも曇りだったようだ。引っ越しには近所のドイツ人のトラックに来てもらった。そのとき兄たちが「彼はドイツ人なのに、姓はフランスだなんて」といって笑っていたのを思い出す。トラックに家財道具一切を積んで、その上に私たちは乗せられた。私の断片的な記憶も、そのあたりからだ。私たちが乗ったトラックが新しい土地に着いた頃には、小雨がパラパラ降り出していたが、私たちが入居する家には、まだ屋根が張られていなかった。大人たちは前の家から持ってきた古トタンを地面にひろげ、大急ぎで釘穴をハンダでふさぐ仕事をしていた。私は生れ

ブラジル移民：一九〇八年六月に、最初の移民約八百人を乗せた「笠戸丸」がブラジル南東部のサントスに入港して以来、戦前・戦後を通じて約二十五万人が渡ったとされる。戦前の移民の多くはコーヒー農園で働いたが、のちに個人や団体で土地を購入して自営するケースが増えた。戦後も、一九七三年まで日本からの移民を乗せた船が出航していた。日系人は現在、政治経済から文化まで、さまざまな分野で活躍。勤勉さや教育熱心さで知られ、ブラジル人が日本を好意的に捉える要因になっているとされる。

てはじめて見るハンダづけ作業がとても面白く、仕事をする大人の近くで見ていると、その人から「塩酸液に触れたら大やけどするからもっと離れなさい」と注意されたことを覚えている。夕暮れ近く、家の屋根を張り終えて遅い夕食を食べた。そのときのことが楽しい思い出の一つとして今でも思い出される。

新しい土地に入植するには、必ずその土地のパトロンを介さなければならなかった。入植地の範囲を決めるときも、その地を通る川や道路に沿って歩いて半日、あるいは丸一日歩いた距離で土地の値段が決まるらしかった。それが買う土地の横幅で、奥行きは自分が耕《たがや》せる範囲なら、どこまでも自由だったそうだ。しかし、少し奥へ行くとジャングルだった。今考えると全くおとぎ話のような話だ。

しかも、その一帯の土地は国有地で、数年に一回、政府役人たちが視察にまわってくるのだった。そういう消息《しょうそく》が耳に入ると、私たちに土地を斡旋《あっせん》したブローカーたちは、さっそく自分が支配する範囲にいる入植者の中から武器を持った男たちを呼び出し、当日に政府役人が通る道の適当な場所に待ち伏せさせて、役人一行が道へさしかかると、いっせいに空に向けて銃を乱射して相手を驚かすのだった。役人たちも心得たもので、その銃声を聞くなり、

ハンダ：鉛と錫（スズ）の合金。融点が低く、電子部品や金属部品の接合に使用される。

このまま前へ進むときっとよくないことが起きそうだと判断し、引き返して行くのだそうだ。孝一郎兄も一、二回呼び出しを受けて行ったことがあると話をしていた。そのとき、兄は家にあるオンボロ拳銃を下げて行ったという。

常夏の国ブラジルの四季は日本と正反対で、正月は真夏の頃だった。毎年正月頃になると、お袋は家中のあちこちを花で飾っていた。花を生けるにも剣山《けんざん》一つないところなので、いつもスイカやウリを二つ割りにして、それを大きな皿の真ん中へ据え、剣山の代用にして器用に花を生けていた。お袋のその手際のよさに子供たちはただ見惚《みほ》れるばかりだった。

年の瀬近くになると、いつもきまってブタ一頭を潰《つぶ》していた。一度に食べきれない肉は塩漬けにしたり、ミンチにして色々な調味料を入れてソーセージをつくったり、また脂身のラードは石鹸《せっけん》づくりに利用するなど、余すところはなかったようだ。

ニワトリは放し飼いだったので、数日姿を見せなかった雌鶏がある日突然、たくさんのヒヨコを連れて帰ってくることも珍しいことではなかった。そのニワトリを捕えるのは専《もっぱ》ら飼い犬エスの仕事だった。お袋が目の前の一群のニワトリの中からめぼしい一羽を見つけると、エスの目の前でそのニワトリに小石を投げて合図すると、エスはどこまでもそのニワトリを追って行って

剣山：生け花用の花留めの一つ。おもりの上に針が上向きに植えてある。

前足でニワトリを押さえこみ、傷めることなくお袋が来るのをじっと待っているのだった。

お袋は夫婦で庭に築いたパン窯《がま》で、よくカステラを焼いたり、菓子パンをつくったり、なんでも器用につくってくれた。また、正月頃になると流し洋《よう》羹《かん》をたくさんつくってくれたりした。さすがにブラジルはサトウキビの産地とあって、子供が好むキャンディーやチョコレートなどにこと欠かなかった。そのせいで私は、小学校の中学年で虫歯になってしまった。

長男・清は、渡米後すぐに私たちが住むベンセスラウからひと駅先のサント・アナスタシオという小さな町で現地日本人向けの菓子屋をはじめていた。毎年正月になると、清兄は一斗缶《いっとかん》いっぱいのしょうが入り煎餅《せんべい》を土産に持ってきてくれた。歳が離れた長男・清は普段から寡黙《かもく》な人で、私たちとほとんど会話することはなかったが、年に一度しか帰ってこない兄の帰郷を私たちはいつも楽しみに待っていた。

人懐《ひとなつ》っこい二男・孝一郎はとてもちゃめっ子で、しょっちゅう姉たちをからかって、まわりの人たちを笑わせていた。また、孝一郎兄はカメラ狂で、暇《ひま》さえあれば家の人たちの写真を撮っていた。今に残っている数枚の写真も戦前父が日本にいる親族たちへの手紙に同封した物を戦後裸一貫で帰ってき

羊羹：小豆を主体とした餡を型（羊羹舟）に流し込み、寒天で固めた和菓子。

一斗缶：尺貫法の単位である一斗（約一八リットル）の容量を持つ、角形の金属缶のこと。

た私たちが、あちこちに住む親類縁者の手もとから一枚また一枚と集めてきたものだ。

普段無口な猛兄は私たち一家の中では憲兵役だった。兄のいうことに従わない者は、両親のほか誰もいないほどだった。

その当時、家では日本の月刊誌「キング」や「富士」のほか、「問題小説」など三、四冊を定期購読していた。冬といっても袷《あわせ》一枚余計に羽織《はお》る程度の気温だった。私たちが住んでいるところは、ちょっとした高地だったようで、平野より少し肌寒かった。冬の夜は夕食後、土間にある囲炉裏端《いろりばた》に一家全員で円陣をつくり、孝一郎兄が読む雑誌の一節を聞くのが夕食後の楽しみだった。

孝一郎兄が座る

1939年５月撮影。左が著者（６歳）、右は弟の文夫氏

憲兵：軍隊内の秩序維持を主任務とする兵隊。当初は犯罪捜査、軍紀維持、思想取締りにあたったが、次第に権限を拡大し、公安対策、思想弾圧、防諜などにも強い権力をふるった。

袷：裏地のある和服のこと。裏布のないは着物のことは単衣（ひとえ）という。

囲炉裏：部屋の床を四角く切って火を炊けるようにしたもの。灰をしき、その上で炭や薪を燃やし、暖を取ったり、煮炊きをしたりする。

位置は本を読むため、いつもランプ近くの明るい特等席だった。読むのは『鞍馬天狗《くらまてんぐ》』や『大菩薩峠《だいぼさつとうげ》』、『金色夜叉《こんじきやしゃ》』などで、それもちゃめっ子の孝一郎兄が声音《こわね》を使って読むのが面白く、今でも懐《なつ》かしく思い出される。しかし、私と文夫はほとんど毎回話の途中でお袋の膝の上で寝入ってしまい、いつの間にか布団の中へ移されていた。

その雑誌の中で見た三、四コマのマンガを覚えている。深い谷間にかかる一本の丸太橋の片方から逆万字の腕章をつけた鼻髭《はなひげ》のヒットラーがさっそうと渡ってきており、もう一方からは、体格の小さい男が渡りはじめていて、丸太橋の真ん中あたりでヒットラーが前から来る男を谷底へ蹴落《けお》とす図柄だった。それは、当時欧州ではじまっていたドイツの対外侵略戦争を風刺するマンガのようだった。日本内地でもだれか見た人がいたと思う。

その当時のブラジルでの生活は、病《やまい》にさえかからなければ貧乏人にとって住みよいところではなかっただろうか。自家用のコメは畑の陸稲《りくとう》を食べればいいし、砂糖が欲しいときは、畑のサトウキビを荷馬車で製糖工場へ持って行けば、それ相当量の砂糖と交換してもらえた。果物類も豊富で、バナナはいつも室《むろ》の中にあった。マンゴー、パパイヤ、パイナップル、または南米特有の甘いミカンなどがほとんど年中あったようだ。

逆万字：古くから西洋、アジアで使用されてきた図案で、カギの先端が右側を向いている万字をいう。国家社会主義ドイツ労働者党（ナチス）で党章として使用されたことから、ナチスドイツの紋章として広く知られる。鉤十字。ハーケンクロイツ。

陸稲：水田で栽培される稲（水稲）に対して、乾燥に強く、畑での栽培に適した稲のこと。

綿花：ワタの種子についた実綿（みわた）。または、それから生産された繊維（リント）をいう。木綿、コットンの原料。

南米生活最後の頃につくっていた農産物は主に綿花だった。一年のうちで、綿花の収穫時が農繁期《のうはんき》だった。その頃になると人手が足りないので、現地の農園を転々としながら生計を立てている人たち数人に毎年来てもらっていた。その人たちのことを現地ではカマラーダと呼んでいた。私たちの家にも毎年四、五人ほど来てもらっていたようだ。その人たちが来ると、倉庫の半分ほどを彼等の生活用に明け渡さなければならないうえ、食事の用意などで、お袋の仕事はまた忙しくなるのだった。

ブラジルの料理で今でも思い出すのは、フェジョンという料理で、豚の臓物などと一緒に豆を煮込んだもので、その昔、奴隷《どれい》たちの料理として考えだされたものだった。熱々のフェジョンをご飯にかけて食べるその味は、また格別おいしかった。

カマラーダの中の一人に、背が高く八の字の髭を生やした人がいた。彼は毎日仕事が終わると、パリッとした洋服に着替えてソフト帽をかぶり、ピカピカに磨きあげた短靴《たんぐつ》をはいて、さっそうと近くの町・ベンセスラウへ出かけるのだった。その人のうしろ姿を見る度に、兄たちは「あの男のうしろ姿はどう見てもカマラーダには見えないぜ、全く一人のゼントルマンだよ」といって笑っていた。

カマラーダ：日雇農業労働者のこと。本来の意はスペイン語で仲間、同士。

フェジョン：フェジョン（インゲンマメ）を使ったブラジルの代表的な家庭料理。牛肉や干し肉、ベーコン、ソーセージなどと豆を長時間煮込んでつくる。

やがて、綿花の収穫作業も終り、カマラーダたちも賃金を手に各々《おのおの》散ってゆくのだった。中には、数日たっても居心地がよいのか、なかなか出て行かない人がいた。猛兄がその男が寝泊まりする倉庫へ行き「ここの仕事はすんでみんな帰ったので、お前も帰りなさい」といって、彼の荷物を大通りの近くまで持って行ってやるのだが、しばらくするとその男は、また荷物を戻して倉庫に居すわっていた。

しかし、親たちはあまりやかましくいわなかったようだ。彼は日中何も仕事がないので、よく私たちの遊び相手になってくれた。パパイヤやバナナが高い木の上で熟しているのを見つけると、彼はすぐ木に登り、私たちのためにとってきてくれるのだった。その人は猛兄と同じ年頃のようだった。その人とはお互い言葉は通じなくても、何くれと私たちの面倒を見てくれた。その後、どれほどうちの倉庫へいただろうか。次の仕事が見つかったのか、ある日ふといなくなった。遊び相手がいなくなって私たちは少し寂しくなった。

ある暑い夏の日、突然雷鳴がとどろき大雨が降りだしてきた。そして、とうとう焼き畑の中に立つ一本の枯れ木に雷が落ちた。雨が上がったあとに、兄たちと一緒に雷が落ちたところへ行ってみたところ、落雷で倒れた大木の上のくぼみにミツバチが大きな巣をつくっているのを発見した。その場では

ベンセスラウの美陽植民地にあった自家の綿花畑にて。
現地のカマラーダたちと（1939年頃）

とても食べ切れないほどだったので、落雷を受けて蜂が一匹もいなくなった大きなミツバチの巣を大事に家へ持ち帰ったこともある。

大恐慌により、ブラジル国内でも失業者が増加する中、増え続ける移民に対する排斥《はいせき》の動きが強まっていた。一九三七、三八年頃になるとヨーロッパでは、ナチス・ドイツによるオーストリアやチエコ、ポーランドへの侵攻で、遂にイギリス・

フランス両国がドイツに宣戦布告し、第二次世界大戦が勃発《ぼっぱつ》。一九三一年の満州事変以降、日本に対する反感も生まれ、中には、日本がブラジルに多くの移民を送り込み、植民地にするのでは、と考える人も出てきた。その頃から外国に住む日本人移民への圧力が強まり、生産物に対する不買運動がはじまった。日本人移民の肩身はますます狭くなり、日常生活へも支障をきたしていたようだ。のちに兄たちから聞いた話によると、その頃の農作物はみんな現地の友人に頼んで市場へ出荷していたという。

当時ブラジルでの私たちの家族構成は、両親と兄三人、姉三人に私と弟の十人であった。その頃、親たちが一番心配していたのは、私のすぐ上の姉・政枝（一九二八〔昭和三年〕年生まれ、十歳）と私（一九三三年生まれ、五歳）と弟（一九三五年生まれ、三歳）の教育問題で、一九三八年には十歳以下の児童への日本語教育の禁止政策が農村地域の学校にも広げられ、教師もブラジル生まれのブラジル人に限定する外国人入国法が制定された。それも帰国を願っていた一つの要因だったようだ。

一九三九年、綿の収穫が終わり、父と政枝姉が帰国することとなった。最初、両親は私と文夫も何とかして先に帰したかったようだが、この二人はお袋がついていないと大変だろうと諦《あきら》めたようだ。

レジストロにある第一小学校。生徒は両国の子供たちで、授業も日本語とポルトガル語で行っている。子どもたちは皆ポルトガル語で嬉々として遊んでいる（『伯剌西爾移殖民実況写真帖』国立国会図書館蔵）

父たちが去ると、幾分寂《いくぶんさび》しくなった。しかし、ブラジル最後の一年は瞬く間に過ぎていき、翌年八月頃からいよいよ帰国のための荷づくりがはじまる。柳行李《やなぎごうり》や布団袋の縄かけなど、どの兄たちもお袋の手技には敵《かな》わなかった。お袋がいとも簡単に柳行李の裏表に菱形《ひしがた》に縄をかけながら固くきちっと荷づくりするのを、ただ感心して見惚《みほ》れるばかりだった。

さようならブラジル

いよいよ近所の皆さんともお別れだ。私たちが日本へ旅立つ日に見送りに来てくれた人の中には、「日本へ帰れる人がうらやましい」といって涙を見せる人もいた。子供の私でも、そんな人たちの姿を目にすると、なんとなく自分たちの方こそ気が引ける思いだった。

ベンセスラウからサンパウロまで汽車に乗って行った。この鉄道線を当時ソロカバナ線といっていたようだ。その頃の機関車は薪《まき》を焚《た》いていた。だから列車が走り出すと、汽車の窓から大きな火の粉のかけらが飛び込んできて服に焦げ穴をつくるので、火の粉を払うのに大わらわだった。何時間走った

第二次世界大戦：日本・ドイツ・イタリアなどの枢軸国とアメリカ・イギリス・フランス・ソ連などの連合国との間で行われた世界的規模の戦争。一九三九年、ドイツのポーランド侵攻にはじまり、一九四一年の太平洋戦争の勃発により、戦乱は全世界に拡大。一九四五年八月、広島、長崎への原爆投下により、日本は降伏し、戦争は終結した。

柳行李：コリヤナギの樹皮をはぎ、干したものを麻糸で編んでつくった行李。行李とは衣類や旅行用の荷物などを入れる、竹や柳で編んだフタ付きの入れ物。

のか。つい、うとうとしている間に、汽車はサンパウロ駅に到着した。

サンパウロ駅は駅前の道路よりもかなり高いところにあったようだ。私はその駅前を通る片側四、五車線もありそうな広い道路をまるで機械仕掛けのように赤、白、緑の色とりどりの自動車が信号に従って、いっせいに止まったり、走り出したりするのを、飽《あ》きずに見とれていたのをつい昨日のことのように思い出す。一九四〇年頃、南米でさえ、すでに車社会になっていたのだった。

お袋はここで日本に残してきた姉たちへ、少しばかりのお土産を買い求めていた。孝一郎兄はカメラを新しいライカ三五ミリに買いかえて有頂天になっていた。私たちはサンパウロ市の旅館に一泊して、翌朝、帰国船リオデジャネイロ丸へ乗るためにサントス港へ向かった。

そこで、いざ出国手続きをするときになって、私と弟二人分の書類に不備があることが指摘され、また急いでサンパウロ市まで引き返すことになった。汽車に乗って行くような悠長《ゆうちょう》な時間がなかったのか、お袋と清兄と私たち二人の四人はタクシーでサンパウロまでの山道を飛ばしていった。カーブが多いので、私と弟はじっと座っておれずに、道中ずっと座席の上で右に左に転がり通しだった。そのときの話をあとでお袋へ尋ねたところ、私たち二人は

サンパウロ市全景（『ブラジル移植民地写真帖』国立国会図書館蔵）

ライカ：ドイツのエルンスト・ライツ社が一九二五年に発表したカメラの商品名。世界的なカメラブランドの一つ。当時のカメラの最高級ブランドで、マニアの憧れの機種であった。

南米生まれのため国籍がブラジルになっており、別に出国手続きをとらなければならなかったのだと教えてくれた。サンパウロの役所で、小さな両手指全部を真っ黒にしながら指紋をとられたことを今でも鮮やかに覚えている。たったそれだけのことをすませると、またタクシーに乗って、サントスまで引き返さなければならなかった。その日、何時頃サントスへ着いたのかよく覚えていないが、あたりはもう暗くなっていた。翌日はいよいよ、帰国船リオデジャネイロ丸（九九七八トン）へ上船する日だった。

　朝食ののち、ホテルを引き払い、サントス港へ行く。そこではじめて本船への上船時間は午後からだと聞かされ、乗船までの時間、港のあちこちを見物して回った。リオデジャネイロ丸は貨客船《かきゃくせん》で、午前中は荷役《にやく》に忙しそうだった。そのとき、太いホースで真水を本船に積み込んでいるところを見た。低い方へしか流れないものとばかり思っていた水が、低いところから高いところへ登ってゆくのをはじめて見て、不思議でならなかった。お袋へそのことをしつこく聞くと「高い山の上に水源地があるから水が高いところへ行くことができるのよ」と教えてくれた。そこでの積荷は、たくさんのヒマの実や、まだなめしていない生の牛革だった。

　また、埠頭《ふとう》には同じく乗船待ちをしている日本人の船客らしい若いお姉さ

リオデジャネイロ丸：大阪商船所属。南米航路に就航し、移民船として活躍。軍に徴用され、一九四四（昭和十九）年に空襲で沈没。

貨客船：貨物と乗客を一緒に輸送する船。貨客混合船。

荷役：トラック、貨車、船舶、航空機といった輸送機器への貨物の積み込みや荷下ろし作業のこと。

ヒマ（蓖麻）の実：トウダイグサ科の大型の一年草。インドまたはアフリカ原産。種子は蓖麻子（ヒマシ）と呼ばれ、油脂を多く含み、これを絞ってヒマシ油をとる。ヒマシ油は下剤のほか、工業用としてエンジンの減摩剤などに利用される。トウゴマ。

んがいた。彼女が岸壁にあるピカピカの系船用ビットへ無造作《むぞうさ》に座ったところ、そのビットはペンキが塗りたてだったらしく、着ている真新しいよそ行きのスカートをペンキで汚し、途方に暮れていたのを思い出す。
　お昼時になったので、お袋が近くのお店から牛肉のハンバーガーを買ってきてくれた。しかし、その肉はかたくて、とても食べられたものではなかった。お袋が「ここの人たちは皆、こんなまずいものを食べているのだろうか？」と不思議がっていた。

　午後、ようやく乗船がはじまった。三等船室は船底の大部屋だった。サントスを出港後、最初の寄港地はリオネジャネイロだったようだが、そのときの思い出は全くない。次は同じブラジルのレシフェ港だった。そこでも大量の生の牛革が積まれたようだ。次も同じブラジルのフォルタレザ港で、そしてブラジル最後の港・ベレン港へ寄港した。ベレン港あたりから警備が厳しくなってきたようで、船が接岸するとすぐ、上甲板の要所要所に、銃を手にした兵士が立つようになった。
　ベレン港を出て間もないある日、赤道祭が行われた。船のマストには万国旗が飾られ、拡声器からは音楽が流されて賑《にぎ》やかな一日を過ごした。

系船用ビット：船舶を係留するための埠頭や桟橋に設けた杭、柱。係船柱。ボラード。

赤道祭：船舶が赤道を過ぎるときに船内で行われる祭り。

それから船は何日航海したのか。次の寄港地はベネズエラのラ・グアイラ港だった。ここでも船が接岸するとすぐ、船の舷門《げんもん》やあちこちに銃を持った兵士が立ち、子供心にもとても物々しく思えた。

私たちの船がいよいよ出港と、岸壁を離れていくとき、すぐ横の岸壁にドイツの客船が一艘係留《そうけいりゅう》されているのが見えた。お袋に聞くと「ヨーロッパでは戦争がはじまっていて、ドイツの船はもう国へ帰れないので、中立国のこの港へ一年も前からつながれているのだよ」と教えてくれた。船全体が赤くさびたような客船の小さな舷窓《げんそう》や上甲板に並んだ人々が、ドイツと日本の旗を手に、ちぎれんばかりに振って見送る姿が見えた。子供ながらにこの人たちはいつになったら家へ帰れるのだろうかと、ちょっとかわいそうに思えた。

それから数日経って、船はいよいよパナマ運河に着いた。運河の入り口へ着いた頃には夕方近くだった。そこでも現地の軍隊の監視がついたようで、物々しい兵士たちの監視のもと、運河へ入る作業が開始された。両岸の機関車が船をだんだんと次のゲートまで引き上げるのだった。次のゲートへ入ると両側の岸壁は船のデッキから見上げるように高くなっていた。その頃の岸壁はまだ素掘りのままだったようだ。その岩肌をよく見ると大きな仏像が彫られていた。そのときも不思議に思った私はお袋に「どうしてこんなところ

舷門：船舶の上甲板の横や舷側にある出入口のこと。ふなばしごをかけて昇降するところ。

パナマ運河：パナマ地峡を横断してカリブ海と太平洋を結ぶ閘門式運河。全長約八十キロ。工事は難航し、多くの労働者が注ぎ込まれ一九四一年ようやく完成した。

に仏さまが？」と尋ねると、「この運河を掘るために、世界のあちこちから連れて来られた人たちの仲間の多くがここで亡くなり、その人たちの霊を慰《なぐさ》めるためにこの仏像を彫ったと思うよ」と話し、また「奴隷《どれい》としてここへ連れて来られた人の中には、こんな立派な仏様を彫る仏師様もいたのだね」と全く学歴もないお袋なのに、よく色々なことを知っているのだなと私は感心して聞いていた。あたりが暗くなり、夕食時間になったので私たちも船室へ戻って行った。翌朝、目を覚ましてデッキへ上がってみると、船はすでに運河を通り抜け、いよいよ太平洋へ出ていた。

大海原《おおうなばら》へ出ると、よく鯨が潮を吹いているのが見えた。はじめて見る大きな鯨に驚いたことを覚えている。どこを見ても海ばかりの大海原の真ん中で、時々出会うヨットやランチなどに手を振りながら、小さな船が見えなくなるまで見送ったものだ。

船は数日走って、最後の寄港地アメリカ合衆国南端の港・サンディエゴへ寄港する。そこでも荷役《にやく》だけだったようだ。「ここを出ると、もう日本までは立ち寄る港はない」と兄たちの知り合いの船員が話してくれた。

それからの毎日は本当に単調な航海が続いた。ちょうどその頃だったと思う。私は太平洋上で麻疹《はしか》にかかったようだった。お袋はすぐに私を船医のと

上：パナマ運河航行中の米艦
右：パナマ運河ガツン水道（『南米日本人写真帖』国立国会図書館蔵）

ランチ：原動機つきの小艇。港内で連絡、交通用に使われる。

ころへ連れて行ってくれた。しかし、船医はいとも簡単に「これは〝はしか〟ではなく、ただの〝あせも〟ですよ」と答えた。そのときお袋は「どう見ても麻疹のようですが……」とさらに念を押しても聞き入れてもらえず、お袋はすごすご私を船室へつれもどした。

その夜、案の定、私の麻疹は弟の文夫にうつってしまった。ただちに私は船尾にある病室へ隔離《かくり》入院させられた。それから一週間ほど寂しい一人ぼっちの入院生活がはじまる。病室での毎日の食事はお粥《かゆ》に梅干し一粒ばかりだったように覚えている。たまに清兄が見舞いに来てくれるけれど、歳の離れた兄とは共通の話題もなく、とてもつまらなかった。早く弟と会いたかった。

そうしたある日、向かいの病室の様子があわただしくなり、何か変だった。明け放れた病室の扉の隙間《すきま》からのぞくと、病人の頭の方にロウソクや線香があげられていた。人の出入りも激しくなってきたようだ。すると間もなく清兄が迎えにきて、「今日退院するぞ」といって私を船室へ連れ戻しに来た。その日は曇りで、小雨がパラついていたようだ。小雨の中を兄と二人船室へ戻ろうとデッキを歩いていると、舷側《げんそく》で死者を水葬にするための準備がなされていた。舷側には死者を葬るための白木の滑り台のようなものがあり、その上には砂が撒《ま》かれていた。そのとき、そこにいた大人の立ち話を聞くとは

麻疹（はしか）：麻疹ウイルスによっておきる感染症。全身に赤い発疹ができる特徴がある。

なしに聞いたところによると、「本来、水葬をする場合、本船は水葬現場で汽笛を鳴らしながら三周するのが習わしだけれども、今は非常時で先を急ぐため、一周のみに簡略する」といっていた。また、滑り台の横には遺体につける大きな砂袋のようなものも準備されていた。私はそのとき、向かい側に入院していた患者さんが突然亡くなったので、早めに無罪放免になったのかと思いながらも、お袋たちの元へ帰れたことを喜んだ。

長い船上生活で一番大切なのは真水だった。毎日のお風呂の湯も海水を使い、あがり湯だけ真水のシャワーを使うのがしきたりだった。ある日、半可《はんか》通《つう》の人が自分勝手に真水タンクの元栓を開けて使用後に閉め忘れたのか、翌朝起きてみると、居住区のデッキの上に大量の水があふれていた。おかげでその日から数日お風呂なしの日が続いた。

いよいよ日付変更線を越える日がきた。まだ小さい私には日付変更線が何のことかわからず、またお袋へ執拗《しつよう》に尋ねた。お袋は「この線を越えると日にちが一日消えて明日の日付になるのだよ」としか教えてくれなかった。私はてっきりこの線を過ぎると、一気に夜が来て、またすぐ朝が来るのかと思った。しかし周囲は何も変わらず、ますますわからなくなってしまった。大海原の航海は単調でとても退屈だったが、ときどき何羽かのツバメや渡り鳥

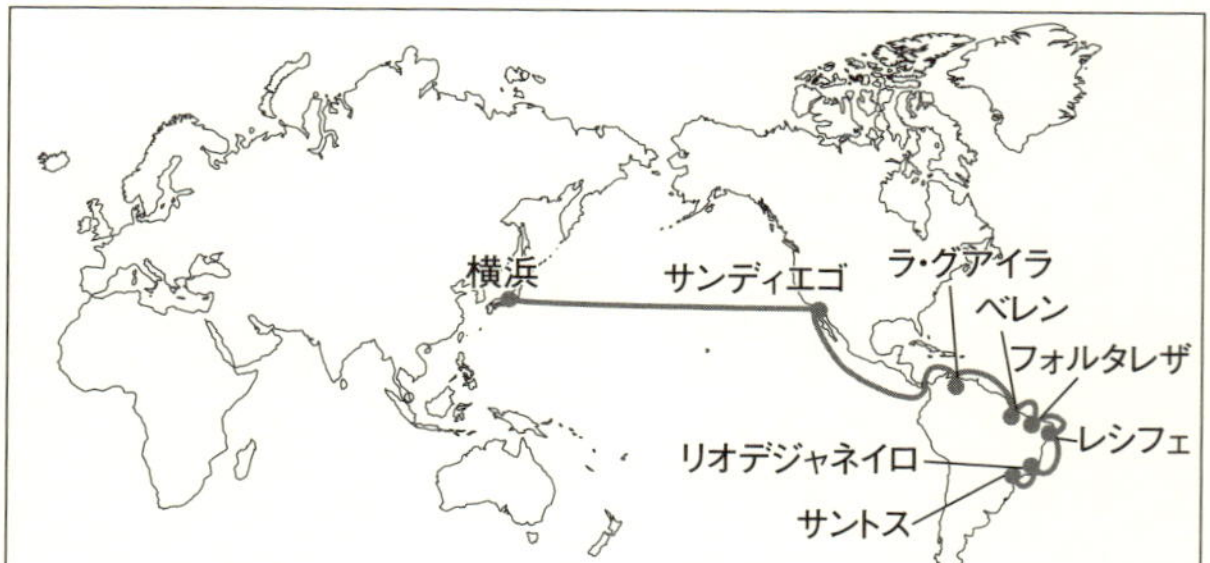

長谷川一家のブラジルから帰路。パナマ運河を抜けて、太平洋を横断する航路で横浜港へ帰ってきた。往路と合わせると地球を一周したことになる

が船のマストなどに止まって羽を休めることがあった。そのようなときには大勢の人たちがデッキへ上がってきて、大騒ぎをして珍客を歓迎するのだった。

日付変更線を越えてしばらくすると、大人たちがソワソワしだし、もうそろそろ日本の陸地が見えるのではないかと毎日デッキへ上がっては、どこかに日本の島影が見えないかと探していたようだ。

はじめて見る祖国・日本

船は昨夜遅く、横浜港の沖合に着いていた。その日の朝、大勢の大人たちが陸地の一点を見て「あそこに富士山が見える！」と騒いでいたが、私には一体どれが富士山なのか、とうとうわからず仕舞《じま》いだった。その日の横浜港の岸壁は軍艦で埋めつくされていた。私たちが送迎のランチから上陸するときも二、三艘《そう》の潜水艦を横切って陸へ上がったほどだ。

時代は「紀元二千六百年」の行事で日本中が沸《わ》きたち、日本海軍の観艦式直前だったようだ。

半可通：十分な知識もないのに、その分野の通ぶること。また、その人。

紀元二千六百年記念行事：明治政府は西暦に対抗し、日本独自の年数の数え方として、『日本書紀』の記述に基づき、神武天皇の即位年を元年とする神武天皇即位紀元を定めた。一九四〇（昭和十五）年は神武天皇即位から二六〇〇年にあたること祝し、国内でさまざまな行事が開催された。現在、この紀年法は使われていない。

観艦式：海軍所属の軍艦や航空機を港湾に集め、国家元首や最高指揮官などがその威容を観閲する式典。

今思えば、一九四〇年当時の日本の世の中は、すべてが戦時体制一色に塗り固められた社会だった。「贅沢《ぜいたく》は敵だ」、「欲しがりません、勝つまでは」といった標語もその頃からではないかと思われる。そのような社会は、海外から帰ってきた私たち一家のような子だくさんの家庭が安住できる情勢ではなかったようだった。また、一九五三年に日本に帰国したのち、しばらくして喜久子姉から聞いた話では、今回の一家そろっての帰国が実現したのも、九分九厘《くぶくりん》一人日本へ残されていた姉・喜久子の働きのおかげだった。喜久子姉が北満の奥地で、十歳以上年が離れた村上氏との結婚時に出した条件が、親たち家族をブラジルから呼び寄せることだった。

のちに喜久子姉が語ってくれた彼女の生涯も、とても悲惨なものだった。親たちは一家が渡米するための金策の一部として、まだ年端《としは》も行かない十三歳の姉を泣く泣く店へ奉公に出さざるを得なかった。一家渡米ののち、一人ポツンと残された心細さもさることながら、人を人とも思わない妓楼主《ぎろうぬし》の横暴に、姉は何度も命を絶とうと思ったそうだ。親は親で、一人日本へ残してきたわが子のことが気にかかり、毎月のようにブラジルから詫《わ》びの手紙を書いて励ましてくれたという。父が書いた手紙の余白にお袋が拙《つたな》い字で書き足したところに、手紙を書きながら落としたと思われる大きな涙のあとが染み

北満：満州北部のこと。

妓楼：遊女をおいて客を遊ばせる店。青楼。

ついていたのが強く印象に残っていると話してくれた。姉にとって、父親の長い文面よりもお袋が書いた数行の短い文が、自分にとって大きな励ましになったともいっていた。

ちょうどそのどん底の頃、姉はふとしたことから二人の海軍士官と出会う。その二人は兄弟で、とても真面目な人だったという。親兄弟みんなブラジルへ渡り、一人ポツンと取り残された姉を二人はたいそう不憫《ふびん》に思い、乗艦が入港したときなどには姉のところへきて励ましてくれたという。その二人の兄弟は、当時の長崎無尽（現・長崎銀行）の「日掛け」か「月掛け」を長い間積み立てて、四、五年してようやく姉の負債を完済してくれたという。そのとき、彼等は名も告げずに姉へただ一言「あなたは佐世保を離れて、どこか遠いところへ行きなさい」といったそうだ。そういう経緯で姉はその足で北満へ向かったという。

当時の北満といえば、女一人で行けるところではなかったようだ。北満の奥地富錦《ふきん》へ着いた姉が、まだ旅装《りよそう》も解かないときに出会ったのが村上氏だった。最初、村上氏もこんな辺鄙《へんぴ》なところは女が単身で来るところではないといって日本へ帰るようにと諭《さと》したようだ。しかし、姉がどうしても聞き入れないので、一緒に暮らすことになったとのことだった。そういうことで、私

無尽：日本に古くからあった相互扶助的な金融方式。一定の口数と給付金額を定め、加入者を集めて定期的に掛け金を払い込ませ、抽選や入れ札により加入者に金品を渡すこと。資本主義の発達とともに無尽も会社組織で運営されるものが増加し、一九一八（大正七）年には一一五一社も存在した。頼母子講。

日掛け・月掛け：貯金や保健などのために、毎日一定のお金を出すことを「日掛け」、毎月の場合は「月掛け」という。

たちより一年前に政枝姉を連れて帰国していた父も、すでに富錦の喜久子姉たちを頼ることに決めていたようだった。

横浜港での一日はずっと沖泊りだった。本船が入港した翌朝一番のランチで父が船まで私たちを迎えに来た。一年ぶりに会う父もその日はニコニコと上機嫌だった。父はそのとき大きな甘柿を持ってきてくれたのを覚えている。はじめてみる日本の柿だった。

そのあと、本船は神戸に廻航《かいこう》して入国審査を受けた。神戸の岸壁へ接岸すると、すぐ目の前の海は、今まで見てきたブラジルのどこの海よりも、どんよりと薄汚れていたようだった。また、港の隅の方の海で洗濯をしている女性がいた。お袋も少し不審に思いながら「あの人はどうしてあんな所で洗濯するのだろうか」と首をかしげていた。

入国審査をすませ、私たちはタクシー二、三台で宿まで行った。はじめて見る神戸の町は、まるでブラジルの片田舎の町のようで、通りも狭く、道を通る自動車も少なく、何となくうらぶれて見えた。町のある旅館に身のまわりの品をおいて、以前、初江姉たち一家がお世話になったお宅へ挨拶に行ったことくらいしか覚えていない。翌日、汽車で九州の佐賀市へ向かう。

佐賀の田舎のある一軒のタバコ屋でお袋がタバコを買おうとしたところ、

お店の人が「空箱を持たない人にはタバコは売れない」といわれて驚いていた。それほど日本国内の物資統制は厳しくなっていたということだ。

お袋たちは十年前、もう一生会うこともないだろうと、水盃《みずさかずき》で別れた叔母さんたちと再会する。お互いこの十年間の無事を喜びあっていた。そのとき、お袋が一言寂しく「ブラジル土産はこの子たちだけだよ」と私と弟を叔母さんに紹介した。「この子たちが生まれたところは無医地区だったので、産後のすべては自分一人で始末したのよ」といっていたのを聞くとはなしに聞いた覚えがある。今では佐賀市内になっている嘉瀬《かせ》町は、当時まだ嘉瀬村と呼ばれていて、上水道はなく、クリークの水を生活一般に使用していた。叔母の家に一週間ほどいて、次に兄や姉たちが幼少期をすごした憧《あこが》れの佐世保市へ向かった。私の兄たちは、昔皆佐世保の小学校に通っていたので、当然佐世保の町はとても懐《なつ》かしいところだったようだ。

孝一郎兄は佐世保駅で下車すると、真っ先に帰国直前のサンパウロで買いかえたばかりのライカ三五ミリのカメラを構えて、駅前で写真を撮ろうとした。すると、どこからか一人の男が飛び出してきて、「こんなところで写真を撮るやつがいるか！」と孝一郎兄を一喝《いっかつ》した。その頃の日本は駅だろうが町並みだろうが、港や裏山まですべてが〝軍事機密〟扱《あつか》いで、本当に恐ろし

生活必需物資統制令：国民の消費の規制を目的とし、生活必需物資の生産・配給・消費・価格などを全面的に統制するための勅令。切符制度により主食、燃料などが配給制となった。

水盃：再び会えるかどうかわからない別れに際し、盃に酒の代わりに水を満たして飲み交わすこと。

クリーク：小川。また、排水や灌漑、交通などのために掘られた小運河。

い世の中だった。おおらかで開けっぴろげのブラジルとは全く異なる社会だということを、当時子供だった私でも感じることができた。兄も驚いて、日本ではうかつに写真を撮ることもできないと思ったのか、親たちが勧めたのか知らないが、せっかく帰国記念に買いかえた新しいカメラを佐世保市内のある一軒の写真館へ持って行き、当時確か三〇〇円で売り払ったといっていた。戦前の三〇〇円は大金だったと思う。

佐世保の叔母の家で二、三泊したのち、いよいよ渡満のため、下関へむかう。関釜連絡船《かんぷれんらくせん》の乗客は大方朝鮮の人たちだった。すぐ横に座っていた一人の朝鮮人のおばあさんが、つい先ほど配られた渡航申請書の用紙を失ったようで、「アイゴー、アイゴー」と嘆《なげ》いている姿を目にして、私は子供ながらにかわいそうにと思ったことがある。

どれほど時間がたったのか。船は釜山《プサン》港へ着いていた。当時の釜山港はとても辺鄙《へんぴ》な小さな港で、埠頭《ふとう》からの道もぬかるみのようで、そこを通って釜山駅へ行き、京城《けいじょう》（現・ソウル）まで行く。その日は駅近くの旅館で一泊する。京城の街でも「紀元二六〇〇年」を祝う花電車が走っていたのが目についた。

関釜連絡船：山口県下関市と朝鮮半島の釜山を結ぶ鉄道省連絡船。一九〇五（明治三十八）年に開業し、日本の敗戦まで運行された。

アイゴー：朝鮮語の感嘆詞。「しまった！」、「残念！」などの感情を瞬間的に表現する言葉。

満州での暮らし

赤い夕陽の満州へ

京城の旅館で一泊した翌朝、北朝鮮清津《せいしん》経由牡丹江《ぼたんこう》行きの列車で佳木斯《ジャムス》まで行く。当時は「朝鮮」も「満州」も植民地扱いだったので、出入国手続きもなく佳木斯まで行ってしまう。

それは確か、一九四〇（昭和十五年）年十一月末の頃だったと思う。その季節の佳木斯は一面の雪景色だった。私たち南国育ちの人間にとって、朝鮮の清津から北上するにしたがって、寒さがひしひしと身に迫ってきたことだけは覚えている。佳木斯へ着いたとき、私たちは見渡す限りの雪景色を何か不思議なもののように見入った。はじめて目にする冬景色、はじめて身体に感じる冬の寒さだった。

佳木斯市街（『満州景観』国立国会図書館蔵）

満州国：満州事変により中国東北地方を占領した日本が、一九三二年、清朝最後の皇帝・宣統帝溥儀（ふぎ）を執政として建国した傀儡（かいらい）国家。首都は新京（現・長春）。一九三四年に溥儀の皇帝即位によって帝国となり、一九四五年、日本の第二次大戦敗北とともに消滅。

当時の佳木斯《ジャムス》は鉄道の終点だった。列車を降りるとすぐ、当時の満鉄経営の長距離バスでさらに奥地にある富錦《ふきん》へ向かう。そのバスは、三十人も乗れば満員になるほどの小さな車だった。そのバスにも日本軍国境警備隊の兵士二人が護衛のために同乗していた。

すでに、初江姉も喜久子姉も満州へ渡っており、長女・初江は神戸製鋼の堅山という人と結婚していた。私たちがブラジルより帰国した一九四〇年頃に、彼は満州国の鞍山《あんざん》にある神戸製鋼の子会社・昭和製鋼所へ出向していた。そこで堅山義兄は溶鉱炉の技師として働いていた。

私たちが帰国後に頼った村上義兄は富錦で建設業「村上組」を営《いとな》んでいた。当時の土建業は軍と一体になって動いていたようで、軍の兵舎、陣地、道路、飛行場の建設など、まさに濡れ手に粟の状態だったと思われる。当時、喜久子姉は私たち八名の帰国費用三千数百円を大阪商船へ振り込んだという。

バスは途中の集賢鎮《しゅうけんちん》という小さな街で、昼食のためしにばらく停車した。その間に車内は零下数十度の温度に下がっていた。外は一面真っ白な雪に覆《おお》われていた。のろのろ走るバスに揺られてすっかり日が暮れた頃、私たちは丸一日がかりでようやく富錦街に着いた。

それからどういう経路をたどって村上義兄の家まで行ったのか覚えていな

南満州鉄道株式会社（満鉄）：日露戦争後から第二次大戦中まで、満州における日本の植民地政策に大きな役割を果たした国策会社。第二次対戦前まで国内最大級の企業だった。鉄道だけではなく、炭鉱、製鉄所のほか、電力、上下水道などのインフラまで、さまざまな事業を展開した。

い。ただ覚えているのは、ひしひしと身に迫る一層厳しい寒さだけだった。その寒さの中を私たちは一、二台の幌馬車《ほろばしゃ》に乗って村上組の事務所まで行った。一度に大世帯十人もの人が押し寄せて来たので、その夜、姉三人と私と文夫の五人は、現地の日本人が営む一軒の旅館・秋田旅館へ一泊することになった。

それから数日後、村上義兄が私たち一家のために、一軒の中華料理店でとても豪華な歓迎宴を開いてくれた。大きな丸テーブルに並べきれないほどの料理が出され、はじめて見る豪華な食事に驚いたことを思い出す。

その翌日からとりあえず、私たち一家は一時しのぎで建設資材置き場にある一棟の家に入った。そこは六畳二間の部屋と炊事場という簡単な住まいだった。

国境の町・富錦

その後、一九四五（昭和二十）年八月の日本敗戦まで、私たちはその富錦街で過ごした。中露国境近くの富錦街は後背（富錦の北東側）に現地語で

幌馬車（『亜細亜大観特輯第1-4』国立国会図書館蔵）

「ウロコリ」という山があり、その山裾《やますそ》一帯は軍事基地で、中には陸軍病院や飛行場、要塞などもあった。

最初、小学校はその軍用地の中にあった。その後、関東軍特殊演習の前後から続々と増えてきた軍を収容するためか、私たちの学校は富錦《ふきん》街の中の小さな富錦神社近くへと移った。

資材置き場にある家に入居して数日経った頃の話だ。朝起きると、外は昨夜降った雪で一面の銀世界だった。私ははじめて身近に見る雪に興味をおぼえ、防寒帽《ぼうかんぼう》をかぶってすぐに外へ出てみた。すると、家に住み着いていた一匹の黒毛の野良犬が、庭へ何やら大きな丸いものをくわえているのを見つけた。私は一体何だろうと思って足でちょっと転がそうと蹴《け》ってみたが、とても重く、びくともしなかった。その外側は、全体が雪にくるまれていて、上には髪の毛のようなものが見えているだけだった。

私が外へ出たので、孝一郎兄がすぐあとについて出てきた。そして兄がそれを見るなり「わあっ！　これは人間の生首だ！」と驚き、すぐ家へ立ちかえりスコップを持ってきて敷地の外へ放り出したのである。大地はどこもカチカチに凍っていて穴も掘れないので、そうするしかなかったようだ。

関東軍特殊演習（**関特演**）：一九四一年夏に行われた対ソビエト戦に備えた大規模軍事演習。一九四一年六月に独ソ戦が開始されると、陸軍内ではソ連侵攻論が急速に台頭。御前会議で戦況が日本に有利に展開した場合、対ソ戦を開始することを決定した。特殊演習の名のもと、七月から満州に部隊の動員が行われたが、ソ連がドイツの猛攻に耐えたため、年内の対ソ侵攻作戦を断念した。便宜的に「演習」の呼称を用いているが、実際には対ソ武力発動の準備活動であり、日ソ中立同盟（不可侵条約）を侵犯するものだった。

翌朝、兄が私に「忠雄、お前は昨夜一晩中うなされていたぞ」といった。私は兄の言葉を聞きハッとした。何もわからなかったとはいえ、私は仏様の頭を足蹴《あしげ》にしたので、罰《ばち》が当たったのだろうと思い怖くなってきた。私は本当に悪いことをしたと思った。南無阿弥陀仏……。

兄・猛、弟・文夫と。右端が著者。
富錦街にて（1942年6月）

村上義兄の話によると、松花江のほとりでは、やれスパイだとか、抗日破壊分子だとか、難癖《なんくせ》をつけては頻繁に現地の人たちの斬首《ざんしゅ》が行われていたという。現地の人たちの間には、人間の生血が肺結核によく効くという迷信がその頃でも生きており、首切りがあるたびに大勢の人たちが長い棒の先にマントウを刺して、人の生血にあずかろうと寄ってくるという時代だった。今思えば、それは魯迅の短編

マントウ（**饅頭**）：小麦粉をねって発酵させ、中に具も何も入れずに丸く形を整えてして蒸したもの。蒸しパンの一種。中国北部では主食とされ、中に具が入ったものはパオズ（包子）という。

魯迅：中国の文学者。日本に留学して医師を志したが、のちに文学に転じた。代表作に『阿Q正伝』『狂人日記』など。

小説の『薬』を地で行くような話である。

ブラジルから一気に最北の街へ来た私たち一家は、なかなかブラジルでの生活を忘れきれずに、富錦《ふきん》近郊に住む白系ロシア人の部落を訪ねて行って、パンや蜂蜜、イチゴジャムなどを分けてもらって、食生活の改善を楽しんだこともある。

今まで若い人たちと一緒に畑仕事をしてきたお袋は、一度に自分のする仕事がなくなり、しばらくはとても手持無沙汰《てもちぶさた》のようだった。そこで、村上義兄に頼んで資材置き場の空地に大きな鶏舎《けいしゃ》を立ててもらい、一時は五十羽ほどの鶏を飼育していたこともあった。

私たちが富錦に来て、一度に働き盛りの青年男子が三人も増えたので、義兄は大喜びだった。それまでは自分一人で大勢の大工、左官、石工や馬車引《ばしゃひ》きたちを束《たば》ね、監督していた義兄も兄たち三人が加わり、たいそう安心したことだった。

兄たちへ召集令状が届く

白系ロシア人：ソビエト政権を受け入れずに、海外に亡命していたロシア人。

徴兵検査：徴兵制度のある国で徴兵年齢に達した者に対して行う身体検査。日本では徴兵令あしかし、満州へ渡って半年もたたないうちに、兄たちに徴兵検査の通知が来る。その結果、最初に二番目の兄・孝一郎に召集令状がきた。それは大雪が降った日の朝だった。

玄関先で兄を見送ったのち、四番目の姉・貞子がお袋にぽつりと一言「兄さんはお国のために行ったので死んでも仕方ないよね」というと、お袋は厳しい顔で「ばかなことをいうでない！」といった。いつも人前では「男の子は天子様からの預かりものなので……」といっていたお袋の本心を見た思いだった。親として、子供は何人いても余分な子など一人もいないのだということを思い知らされた一瞬だった。

あとに残った長兄・清と三番目の兄・猛は村上義兄の建設現場の監督のような仕事をしていた。また、忙しくなると、歳老《としお》いた父まで狩り出されて、石切り場の監督仕事で山奥へ泊りがけで出かけて行くこともあった。姉たちも四女・貞子は電話局へ、五女・八重子は満州航空へ就職した。親たちにしてみれば、子供たちがいっせいに勤めに出たその頃が一番幸せだったのではないだろうか。

のちに私たちが住むことになる当時の富錦街には病院らしい施設もなく、私が知っている限りでは、元軍医上がりの人が開く歯科医院と、現地の人と

るいは兵役法にもとづいて個々の男子青年の兵役への服役のしかたを定めるために行われた。

召集令状：戦時中の日本の兵役制度において、在郷軍人を兵として召集するために用いられた命令書。紙の色が赤かったので、俗に「赤紙」と呼ばれていた。

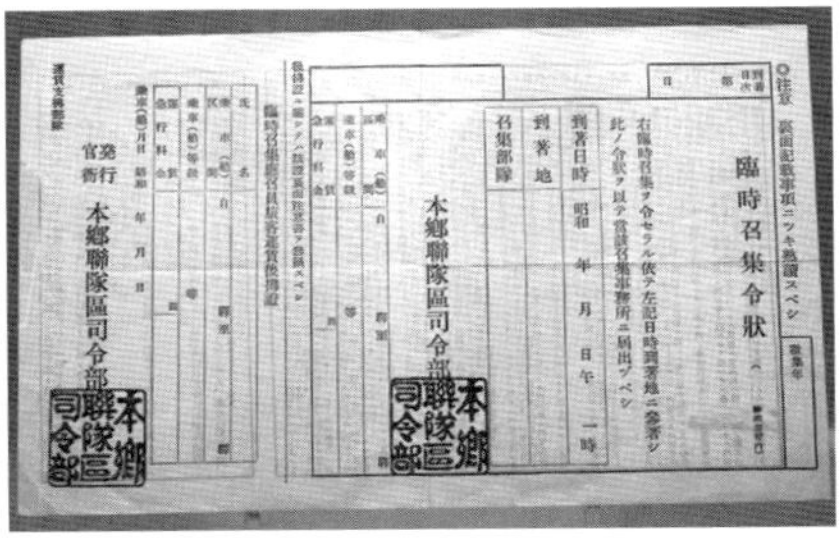

召集令状

満州航空：一九三一年に満州国で設立された航空会社。

結婚した日本人の女医さんが開く内科医院くらいのもので、そこはまさに無医地区同然だった。

そういう環境の中で、十一人の子を一人も欠くことなく無事に育てたというお袋の名声は、瞬く間に現地に住む数少ない日本人家庭の中にひろがったようだ。隣近所に住む若奥様たちが、赤子の病気や何か具合が悪いときには、よくお袋を訪ねてきていた。

ある日、若いご婦人が乳離れ前後の子に小さなリンゴの一切れを持たせていたところ、誤って飲み込み糞詰《ふんづま》りしてもう二、三日間苦しんでいると我が家へ飛び込んできた。最初はお袋も赤子のお尻へヒマシ油などを塗ったりしていたが効果はなく、最後の手段としてその若奥さんへ「これも親がもたらした事故だから、赤子のお尻へ口を付けて吸い出してみれば」といった。

可愛いわが子のため、若奥さんも勇気を出して、その通り口をあてて吸ったところ、ポン！と真っ黒になったリンゴの一かけらが原形のまま飛び出してきた。それまでは青い顔をして、いまにも死にそうな赤ちゃんの顔に血の気が戻り、まわりのみんなを喜ばせた。

北満の四季は、冬と夏しかないようなところだった。

哈爾濱市内の松花江
(『滿洲寫眞帖』国立国会図書館蔵)

富錦《ふきん》街のすぐ北東側には川幅一キロメートルもありそうな松花江《しょうかこう》が流れ、冬は厚さ一メートル以上の氷に覆《おお》われ、子供たちの格好《かっこう》の遊び場だった。冬の気温があまりにも低いため、氷が固すぎてスケート靴のエッジは幾《いく》らも滑らないのにすぐ丸くなり、再度刃を砥《と》がなければならず、遊ぶ時間よりも刃を砥ぐ時間の方が長くかかり大変だった。

厳寒の頃になると、現地の人たちは大きなのこぎりで河の氷を一辺一メートル角ほどにたくさん切りだし、それを馬で引き上げ、雪が降る前に掘った氷室へ運び、そのまわりをおがくずでぎっしりと囲い、埋め戻して夏に備えるのだった。

その厚い氷も入学式の四月頃にはいっせいに溶けだして、家ほどもある大きな氷が押しあいへしあい、でんぐり返ったりしながら轟音を立てて流れゆく姿はとても壮観で、春を告げる一つの風物詩でもあった。冬の間に葉を落として丸坊主になっていた猫柳などの街路樹の枝からもいっせいに若芽が吹き出し、たった今まで白一色だった野原一面に可愛いスズランの花が咲き出すのだった。一週間ほど続く流氷のすさまじい轟音が収まると、初夏の季節が足早にやってくる。

その頃になると桜のような杏《あんず》の花もいっせいに咲きだしてきた。長い冬の

松花江：中国東北地方の川。長白山脈の白頭山に源を発し、ロシア連邦国境に至って黒竜江（アムール川）に注ぐ。長さ約一九六〇キロ。

氷室：天然の氷を夏まで保存しておくための小屋。

氷の貯蔵（『満州農業移民写真帳』国会図書館蔵）

間家にこもりっきりだった人々も、煩《わずら》わしい日常を忘れていそいそと弁当持参で杏畑にゴザを広げて花見を楽しむのだった。今まで一家を養うために、コマネズミのように働き通しだった両親にしてみれば、のんびりと花見をしたのは渡米前（一九三〇年）に佐世保の山の田水源地で、一家そろって桜の木の下でしたとき以来ではなかっただろうか。普段は倹約家な父も、帰りには当時珍しかったタクシーを呼び、一家そろって佐世保の家まで乗ってきたと、猛兄がその当時を思い出して語ってくれた。

哈爾濱《ハルビン》周辺のデパートの商品で全室を飾った外輪船が、松花江《しょうかこう》上のデパートとして下流の各地へ巡って来ることも、夏場の風物詩の一つだった。それは子供たちにとって何よりの楽しみだった。しかし、敗戦近くになると、その商品と内容が魅力の乏しいものにガラリと変わり、全くつまらないものになってしまった。

村上義兄の最大の趣味は魚釣りだった。一足飛びの夏が来ると、義兄は解氷を待ちわびていたように、日曜ごとに前もって頼んでいた荷馬車《にばしゃ》に釣り道具や弁当を積み込み、私を連れて富錦《ふきん》の街から小一時間ほど離れた大きな沼へ行き、フナ釣りを楽しむのだった。義兄とこの釣りを数回繰り返すと、小学生の私でも、夕方までがんばれば竹で編んだビクいっぱいのフナを釣るこ

ゴザ（茣蓙）：草茎を織ってつくった敷物。一般にはイグサで織ったものを指す。

コマネズミ：中国産のハツカネズミの突然変異を固定した品種。三半規管に異常があり、一方向にクルクル回るためこの名がついた。

山の田水源地：長崎県佐世保市。日露戦争直後、佐世保市の海軍施設の増強にともなって水道施設の拡張が必要となり、山の田貯水池が建設された（一九〇八年完成）。佐世保市の水需要を支えてきた施設群であり、その一部が今なお現役で活躍している。近くにはさくらの森公園があり、桜の季節になると多くの人でにぎわう。

外輪船：水かき用の外車を備え、蒸気機関などを推進力にして進む船。外車船。

上列左から六女・政枝、四女・貞子、五女・八重子。下列左から次女・喜久子、五男・文夫、母・たま、著者、長女・初江（1941年正月）

とができた。夕暮れどきにそれを家に持ち帰ると、お袋がニコニコ顔で待っていた。

地名に「富」の「錦」とあるように、さまざまな産物や野生動物の豊かなところだった。地元の人たちの諺《ことわざ》に「沼の水をバケツで汲めば魚が一緒に入ってくるし、キジは自分から鍋へ飛び込んでくる」というほど生き物も豊かだった。

満州に移り住んで二

ビク（魚籠）：とった魚を入れておくカゴ。

外輪船（『全満洲名勝写真帖』国立国会図書館蔵）

年目頃、私たち一家は富錦《ふきん》の埠頭《ふとう》近くを通る新興街という道の脇に建つ元マンモス旅館に移ってきた。そこは煉瓦《れんが》建ての平屋で、富錦街の中央部分に位置していた。大勢の子供たちもあまり手がかからなくなり、お袋はそこの家の二階に四、五部屋の和室（四畳半くらい）を増築し、日本から派遣される軍属相手の下宿屋をはじめた。

日本から派遣される軍属の人たちのほとんどは、兵舎や道路、飛行場の設計や工事現場の監督をしていた。うちの兄たちと同じ年の人たちばかりで、学校が休みのときなどは、よく彼らについて設計現場や工事現場へ見学に行った。当時、図面の複製はすべてアンモニアを用いた青焼図面だった。彼らのところへ行くと製図用のいろいろな道具があり、子供の好奇心を誘った。今のように便利な計算機などない時代なので、皆算盤《そろばん》や計算尺を使って計算をしていた。そのほか、製図用のカラス口や、いろいろな道具を教えてもらった。夏の夕方などは、私たちによくギターを教えてくれたものだ。

彼らも、私たちが子供だったので、つい気を許して工事業者たちへの〝たかり〟の手口などを話してくれた。飛行場の滑走路建設現場などでは、まだコンクリートが硬化する前の数カ所に細い鉄棒を差し込み、その厚さを記録して、セメントが固まるのを待ってから業者へコンクリートの厚さ不足を伝

軍属：軍人（武官・兵）以外で軍隊に所属する者の総称。

青焼図面：ジアゾ式複写機を用いて焼かれた図面のこと。光の明暗が青色の濃淡として写るため、このように呼ばれる。

計算尺：乗除計算や三角関数などの計算が簡単にできるよう工夫されたアナログの計算器。直線型と丸型の二種類がある。

カラス口：製図用具の一種。インクを含ませて一定の太さの線を引く特殊なペン。形状が烏のくちばしに似ていることからこの名で呼ばれる。

える。広い滑走路工事のやり直しなどできないのを見越《みこ》しているのだ。業者もその口封じにいくばくかの賄賂《わいろ》を渡すということだった。若い監督などは「自分たちはこれがないと小遣《こづか》い銭《せん》がないのだよ」と平然とうそぶいていた。この手の話はほかにもいろいろ面白い話を聞かされた。

しばらくたつと、富錦に日本人の下宿屋があることが軍人たちの間で知られるようになり、現地に駐屯する満州国軍の江上艦隊へ派遣されてきた団長の日本人将校・管野中佐も下宿することになった。

その中で、一番横柄《おうへい》でわがままなのは、毎日夕食だけをとりにくる現地の特務機関員たちだった。彼らの横着ぶりに業を煮やして、お袋が何度か夕食の提供を断ったことがあった。ある日、彼等の中の一人が家では見たこともない長谷川の印鑑を押した、明らかに偽造した契約書なるものを持参して「まだ契約期間が残っている」といってきたこともある。特務機関長が夕食のときなどに「お宅も軍属並みの食糧配給にしましょうか」などと甘言《かんげん》で籠《ろう》絡《らく》しようとしたこともあり、お袋は彼らをますます嫌うようになったようだ。その頃、一般居留民が受け取る配給品、特に白米の量などは彼ら軍属たちの半分ほどしかなかったのだ。また、巷《ちまた》で聞く特務機関の話にいいことは一つもなかった。当時、私は怖いもの知らずの子供だったので、若い特務機関員

江上艦隊：満州国の海軍・江防艦隊として発足。解氷期には、松花江や黒竜江などの河川および沿岸の警備にあたり、結氷期には、陸軍と共同して治安維持にあたった。のち、陸軍に新たに設けられた江上兵となり、陸軍の管轄下におかれた。

特務機関：旧日本軍において、諜報（スパイなど）・宣撫工作（伝令など）・対反乱作戦などを行っていた特殊軍事組織のこと。

に「特務機関って何をするところですか」と聞いたことがある。そのとき、彼は「我々は天皇陛下の股肱《ここう》として日夜働いているのだ」と私に答えた。私にはそれが一体何を示すのかわからなかった。

　下宿人が四、五人以上に増えると、お袋一人では手が足りなくなり、日本語ができる現地の青年一人が手伝に来ることになった。

　当時、県の日本人役人たちは、煉瓦塀《れんがべい》で囲まれた広い官舎に住んでいた。そこは全くの別天地のようなところだった。

　戦時中、すべての食料品は配給制だったが、その人たちが受ける配給品の内容を見ても一般人とは大きく違っていた。学校が休みの日に官舎内の同級生の家へ遊びに行く途中、大きな業務用の缶に入った「味の素」が落ちていたことがあった。当時、味の素は高級品で一般人の手に入る代物ではなかったにもかかわらず、拾う人は誰もいなかった。戦時中の物資欠乏時代だったが、官舎内の役人たちだけはゆとりのある生活を送っていた。

　町に水道はなく、皆井戸水を使っていた。夏の暑い頃になると、近くの大通りを通る現地の馬車引《ばしゃひ》きさんたちがよく飲み水をもらいにきた。そこの官舎に住む人たちは、粗末な格好をした人を一目見るなり、病気が感染するといって柄杓《ひしゃく》一つ貸そうとはしなかった。

股肱：「股」は足のもも、「肱」は腕のひじをあらわす。主君の手足となって働く忠実な家臣のこと。腹心。

馬車引き：馬につないだ荷車（馬車）を使い、人や荷物の運搬に携わる人。

柄杓：水やお湯など、液体をすくうための道具。柄がついた器状をしている。

私たちの家の前にも井戸が一つあった。そこにも夏になると汗をかいた馬《ば》車《しゃ》引《ひ》きの人たちが、ときどき水をもらいに立ち寄っていた。お袋が柄杓に水を入れてあげると、手で受け取るのをはばかるかのように、自分では一番きれいだと思っているよれよれのタオルを取り出して柄杓を受け取っていた。その遠慮深い仕草《しぐさ》をほほ笑みながら見ていたお袋は、その人の気持ちを読みとったかのように感心して、この人たちはなんと礼儀正しい人なのだと感心していた。ブラジルにいるときでも、ものもらいがくると、いつも食パンを一本まるごと与えていた。

下宿の手伝いで雇っていた現地青年も三度の食事は私たちと一緒だった。その頃、現地の人が白米を食べることはまずなく、白米を食べているのが見つかると即座に経済犯として捕まえられた時代だったが、家ではいつも分け隔てなく同じ釜の飯を食べていた。

日本軍人の横暴

国境の街・富錦《ふきん》は関東軍特種演習前後になると当時の現地の人数をしのぐ

釣瓶が巻き取り型になっている満州式井戸（『満州農業移民写真帳』国会図書館蔵）

経済犯罪：当時の満州では、中国人が白米を食べることを禁じていた。そのため、白米を食べたことがわかると、経済犯として捕まえられたことを示している。現在の企業活動や経済取引に関わる犯罪の意とは異なる。

ほどの日本軍人がいた。

軍の休日ともなれば、小さな街は各部隊の兵士たちであふれかえった。だから、ともすると、違う部隊の兵士同士が歓楽街でよく喧嘩《けんか》をしていた。たまに、女の取りあいで傷刃沙汰《にんじょうざた》をおこして世間を騒がせていた。あまりに頻《ひん》発《ぱつ》する兵士たちの不祥事に手を焼いたのか、のちになると兵士の外出時は短剣（当時「牛蒡剣《ごぼうけん》」といっていた）なしの一律丸腰になったようだ。

父はのちに近所にあった一軒のロシア料理店の支配人になった。あとで知ったことだが、レストランは現地の日本特務機関出資の店だったようだ。

ある日、そのレストランから父がまだ帰る時間でもないのに突然家に帰ってきたことがあった。お袋がその訳を尋ねると、父は重い口を開いた。たった今、一人の日本軍将校が来店して、店員と一言二言話したかと思うと、いきなり店員を殴《なぐ》り飛ばしたという。目の前で起きたことなので、父が出て行き「何があったかは知らないが、いきなり手を出すとはどういうことか、店員の落ち度は私に責任があるので、いうことがあるなら私にいってください」といったところ、将校はますます居丈高《いたけだか》になり、「きさま民間人の分際《ぶんざい》で何をいうか！」と喧嘩腰《けんかごし》になった。自分の息子ほどの男の態度に、いよいよ頭にきた父は最後に「よし！　ここで話ができないならば憲兵隊へ行こ

傷刃：刃物で人を傷つけること
牛蒡剣：銃剣の俗称。形がごぼうに似ていることからついた。

う！」というと、その将校もあとへは引けず、「よしわかった！」と父について外へでたが、幾《いく》らも歩かないところで父へ「親父さんわしが悪かった」と一言謝《あやま》り、踵《きびす》を返して行ったという。父は「あいつはよほど憲兵隊が怖かったようだ」といっていたが、お袋は「いまどき軍人さんにたてつくなんて恐ろしいことを……」といいながら心配顔で話を聞いていた。

また当時、中国戦線の軍人たちが満州地区へ配置がえになってくることもあった。その軍人たちは休日などに日本人家庭へふらっと遊びにきていた。その兵士たちの多くは、よく前線での自慢話などしかしない、ガラの悪い兵士たちだった。

ある休日の日、一人の兵士が家に遊びにきているとき、現地の卵売りの行商が家の前を通りかかった。お袋がそれを呼びとめて卵を買おうとしたとき「お母さんこいつらの言い値で買ったらだめですよ。私が買ってあげるから」といって前へ出た。そして、その商人がいう卵一個十銭を一銭に負けろといった。相手がその値では売ることができないというと、いきなり卵がたくさん入ったかごの中を軍靴でぐしゃぐしゃに踏みつぶした。お袋にしてみれば買い物は毎日のことなので、いつも仲良くしておかないといけないのに……と大変迷惑なことだった。

戦時中はまさに〝軍人様〟以外は人間ではないような世の中だった。

ある夏の日、当時の満州政府軍の一個部隊が、一人の日本軍将校の指揮の下、私たちの家の前の大通りを行軍してきて、ちょうど家の前の道路を通過中に「全隊とまれ！　その場へ折《お》しけ！」と号令をかけた。そのとき、仕事を終えて帰宅してきた貞子姉が仕方なく自宅の玄関前の道路で長々と座り込んでいる隊列の間を横切って家に帰ったところ、その日本軍将校が全員へ向かい訓示をはじめた。曰《いわ》く「今後何人を問わず隊列を横切るものは容赦《ようしゃ》なく叩き切れ！」といった。私は家の道路に面した窓口でその一部始終を見て、なんと野蛮な軍隊なのかと思ったことがある。

その頃、いわゆる満軍に配属された日本軍人は、皆日本軍の階級から上がるのだといわれていた。うちの下宿にいた江上艦隊団長の管野中佐も日本では海軍中尉だったとのことだ。

ちょうどその頃だったと思うが、私たちの国民学校の校長が一風変わったお国のための勤労奉仕をするようにいってきた。それは「近日中に各人、生きたネズミを捕まえてくるように」というお達《たつ》しだった。何も知らない小学生たちは懸命にネズミ取りをしかけて回ったことを思い出す。今考えるとそれらはきっと七三一部隊の細菌培養に使うためではなかったかと思われる。

折しく：右膝を曲げ、左膝を立てた折敷（おりしき）の姿勢で座ること。

七三一部隊：旧日本陸軍が細菌戦の研究と遂行のために創設した特殊部隊の略称。秘匿名、満州第七三一部隊、正式名、関東軍防疫給水部本部。生体実験や生体解剖を行い、また実際に中国の戦線で何度か細菌戦を実行し、多くの犠牲者を出した。

確か、一九四五年の春先のことだった。電話局へ勤めていた貞子姉に縁談が持ち上がり、その相手は富錦《ふきん》の憲兵隊に勤めている憲兵伍長の大西という人だった。両親も同意していたが、挙式寸前、彼に南方への転出命令がきた。貞子姉は泣く泣く挙式を控えた大西氏を南方戦線へ送り出すしかなかった。

戦争の足音を身近に感じながらも、私たち一家はのどかな生活を送っていた。そんな生活もつかの間、敗戦間際に残り二人の兄たちも次々と軍に召集されてゆく。長兄・清にはすでに家族がおり、二歳と一歳の二人の男の子がいた。兄は嫁と二人の子を残しての応召だった。

清兄が召集されるまでは、別に一家を構えていたが、兄が召集されると、あとに残された嫁と孫は我が家へ同居することになり、その面倒は結局お袋が見ることになる。当時、下宿屋をしていたお袋は、毎日かなり忙しかったようだが、兄嫁は毎日赤子の添い寝をしながら、ついそのまま一日を過ごすことが多かった。それは、私たち子供の目から見てもだらしなく思えた。常日頃、家族と一緒に畑仕事をしながら十一人の子を一手に育ててきたお袋にしてみれば、のんきな嫁に映っていたのかもしれない。お袋はそのことで何回か嫁に意見することもあったようだ。

憲兵：軍隊内の秩序維持を主な任務とする兵隊。

一年ほど村上組の土木工事の監督をしていた猛兄もその仕事にいや気がさしたのか、姉を頼って堅山義兄が務める鞍山《あんざん》の昭和鉄鋼所に職を得て、兵役召集を受けるまでの二年間は姉の家に世話になっていた。真面目一本の猛兄は、兵役までの間に当時の金で二、三千円の貯金をしたという。しかし、その郵便貯金も敗戦ですべて凍結となり一銭も手元へは戻らなかったそうだ。その猛兄も一九四四年に軍に召集され、南京飛行場警備隊に配属されたが、一九四五年八月の敗戦で、中国国民党軍の武装解除を受け、翌一九四六年に無事帰郷した。

長兄・清は南方戦線へ送られる途中、香川県小豆島へ集結中に敗戦を迎え間一髪で命拾いし、そこから帰郷する。

一番貧乏くじをひたのは、敗戦時朝鮮の平壌《ピョンヤン》にいた孝一郎兄だった。敗戦を迎え部隊が現地解散後、すぐ南へ向かって帰国すればよかったものを、北満にいる両親を心配して再度北満に向かったものだから、待ち構えていたソビエト軍に捕まってシベリア送りとなった。ウクライナあたりまで連行され、極寒の地で酷使された挙句、一九四七年頃ようやく帰国した。食糧不足と苛《か》酷《こく》な労働でやせさらばえて幽霊のような体で家へ帰ってきたと、のちに姉たちが話してくれた。

上：銑鉄製造の様子（『滿州寫眞帳』国会図書館蔵）

右：鞍山製鉄所の鎔鉱炉全景（『鞍山製鉄所新設工事記念写真帖』国会図書館蔵）

私のすぐ上の政枝姉は、敗戦当時佳木斯《ジャムス》にある日本人女学校へ通っていた。日本敗戦時は確か女学校四年生だった。しかし、のちに聞いた姉の話では、当時の授業はほとんど毎日が勤労奉仕で、まともな勉強はできなかったといっていた。

ドイツ降伏後、世情騒然となる

かなり前から、現地中国人との子供の喧嘩《けんか》の中で「日本話不用学！　再過半年用不着！」（日本語なんか勉強する必要ない！　あと半年もすれば役立たずになる！）と捨て台詞《せりふ》を吐かれるようになった。子供の私には、その本当の意味するところが全然わからなかった。岡目八目《おかめはちもく》とよくいうけれど、中国の民衆がよく世界の情勢を見ていた証拠だった。そのことを敗戦になってはじめて身をもって知らされたのだった。

敗戦の年の七月初旬の頃だったか、普段よく村上義兄の建築事務所へ遊びにきていた現地駐留の日本人兵士が休日でもないのにあたふたと事務所へ駆け込んできて、一人で店番をしていた姉にただ一言、「奥さん！　ここはも

ソビエト連邦（ソ連）：ソビエト社会主義共和国連邦。一九二二年から一九九一年まで存在した、アジアとヨーロッパにまたがる世界最大の多民族国家で、世界初の社会主義国家。

シベリア送り：第二次大戦後、ソ連軍により日本軍の捕虜がシベリアに抑留されたこと。シベリアでは強制労働に従事させられた。シベリア抑留。

女学校（高等女学校）：旧制の女子中等教育機関。修業年限は四、五年で、入学資格は、当初尋常小学校卒業者（十歳）、のちに高等小学校二年修了者（十二歳）となった。

岡目八目：第三者には、当事者よりもかえって物事の真相や得失がよくわかるという意。

う危ないので早く南へ逃げなさい」というと、外へ待たせていた兵士とどこかへ去っていった。当時は防諜《ぼうちょう》のため、すでに兵士たちも一人では外出もできなくなっていたようだ。

異変を感じた姉は、早速何か手を打とうと考えたが、ちょうどその頃、運悪く村上義兄が腸チフスを患い入院中だった。義兄の退院を待って喜久子姉が一足先に哈爾濱《ハルビン》へ向かったのは、敗戦の年の八月七日のことだった。

八年後、私が中国から日本に帰国したのち、姉は「それまで私がどこへ行こうと見送りにきたこともないお袋が、その日に限って岸壁で船を見送る人波の中で、盛んに手を振っているのを見たが、今考えるとあれが最後の別れだったのだね」とポツリと一言話したことがある。そのとき、普段から自分を母親のように懐《なつ》いていた清兄の長男・宏（当時二歳）が、どうしても姉から離れようとせず泣くものだから、その子を連れての哈爾濱行きとなった。

ソビエト軍の侵攻と満州国崩壊

突然やってきたソビエト参戦の日（一九四五年八月九日）は、ちょうど登

防諜：スパイ活動などによって秘密が漏れることを防ぐこと。

腸チフス：水や食物に混入した腸チフス菌によって引き起こされる消化器感染症。非常に伝染性が高く、治療せずに放置すると重篤な、もしくは致命的な状態になることがある。

ソビエト参戦：一九四五年、ビエト連邦がヤルタ秘密協定をうけて日本に宣戦布告。満州へ侵攻したこと。戦闘とその際の混乱で死亡した満州の日本人は約二十四万五千人、うち民間人が十七万九千人を占めるとされる。停戦後、約五十七万五千人がシベリアに抑留され、五万五千人が死亡したとされる。

通信用カード

このはがきを，小社への通信または小社刊行書のご注文にご利用下さい。今後，新刊などのご案内をさせていただきます。ご記入いただいた個人情報は，ご注文をいただいた書籍の発送，お支払いの確認などのご連絡及び小社の新刊案内をお送りするために利用し，その目的以外での利用はいたしません。

新刊案内を［希望する　希望しない］

〒　　　　　　☎　（　　）

ご住所

ご氏名《フリガナ》

（　　　歳）

お買い上げの書店名

落葉して根に帰る

関心をお持ちの分野

歴史，民俗，文学，教育，思想，旅行，自然，その他（　　　）

ご意見，ご感想

購入申込欄

小社出版物は全国の書店、ネット書店で購入できます。トーハン，日販，大阪屋，または地方・小出版流通センターの取扱書ということで最寄りの書店にご注文下さい。なお、本状にて小社宛にご注文下さると、郵便振替用紙同封の上直送いたします。送料実費。なお小社ホームページでもご注文できます。http://www.kaichosha-f.co.jp

書名		冊
書名		冊

料金受取人払郵便

博多北局
承認

0215

差出有効期間
2020年 8 月31
日まで
（切手不要）

郵便はがき

812-8790

158

福岡市博多区
奈良屋町13番 4 号

海鳥社営業部 行

通信欄

校日だった。私たちが朝食をとっていると、今まで聞いたこともないサイレンがけたたましく鳴りだした。家族全員顔を見あわせたが何事かわからず、とにかくいつも通りに学校や職場に出かけることにした。

学校は授業時間になっても、先生はおろか校長も誰ひとり顔を見せていなかった。私たち学童は夏休み中の工作でつくった紙飛行機を二階の教室の窓から飛ばして遊んでいた。

正午近くになって、ようやく校長ほか何人かの先生たちが登校してきた。そして校長は開口一番「昨夜半ソ連軍が越境してきて戦争になりました。みんなは校長から連絡があるまで学校へは来なくていいです」といって、その場で全員解散になった。

その日の昼過ぎには、ソ連軍飛行機が飛来して機《き》銃掃射《じゅうそうしゃ》をしていった。当夜、私と弟は近所の同級生・宮崎君宅の防空壕《ぼうくうごう》へ行って一晩泊る。明けて十日正午頃、県公所の人がメガホンで「日本人は全員避難してください！」と触れてまわる。

それと時を同じくして、富錦《ふきん》県公所の人たちが県中探しても一、二台しかないトラックに家財道具を山積みにして避難して行くのが見えた。私の同級生も何人かその上に乗っているのが見えた。民間人は見捨てられたのだった。

公所：県の役場。

上：小学校と生徒たち
右：授業風景（『満州農業移民写真帳』国会図書館蔵）

残った人たちはどうぞご自由にといわんばかりのありさまだった。

　あとになって考えると、ソ連侵攻前夜になって、普段は鈍感《どんかん》な現地各軍、部隊の首脳たちは、緊急会議のために急遽《きゅうきょ》、哈爾濱《ハルビン》へ召集され、現地各部隊のほとんどが首脳不在だったようだ。下宿にいた管野中佐も、会議に行くといって不在だったし、八月十一日私たちを軍の地下弾薬庫へ誘導したときの人も、普通指揮官は尉官のはずだが、下士官（曹長）クラスの人だった。敗戦直前の各部隊はどこも指揮官不在の状態だった。

　その日の夕方、松花江《しょうかこう》を佳木斯《ジャムス》まで遡行《そこう》する最後の船が富錦《ふきん》を発つことがわかった。流れに逆らって、上流へ遡行する川船は、船足が遅く佳木斯まで一昼夜がかりだったので、戦争に巻き込まれた今、万一航行中爆撃にでもあえば、我が家は女子供と老人ばかりなので大変なことになると心配し、お袋はその船には乗らずに満鉄のバスに頼ることにした。

　その日も富錦街は再度ソ連軍飛行機の射爆撃にあう。私が帰国後、以前富満国民学校の同級生や同校生などをあちこち探し回り、ようやく東京在住の吉田先輩を探し当て、いろいろ当時の状況を尋ねた結果、富錦を出た最後の船は、やはり佳木斯へ行く途中にソ連軍飛行機の機銃掃射を受け、命からがら佳木斯へたどりついたと聞かされた。

曹長：旧日本陸軍で、将校の下位に位置する下士官の階級の最上位。

〈旧日本陸軍の階級（終戦時）〉

将官	佐官	尉官	准士官	下士官	兵
大将 中将 少将	大佐 中佐 少佐	大尉 中尉 少尉	准尉	曹長 軍曹 伍長	兵長 一等兵 二等兵

富錦の満鉄バス停留所へ行くため、私たちはとりあえず、身の回りの物だけを手に家の玄関を出た。まさにそのとき、あたふたと駆け込んできた村上義兄と玄関先で鉢《はち》あわせをする。彼はそこで父に一言「私は現地召集を受けたのでこれから出頭しなければなりません。ここにある建築資材を処分した代金三十万円を喜久子に会ったら渡してください」と風呂敷包を父へ渡した。父は手早くその風呂敷包を腰に巻きつけると家をあとにした。

ソ連機の爆撃に恐れをなしてか、人通りが絶えてガランとした富錦街の中を追われるようにして、一キロメートルほど離れた満鉄バス停へ向かう。その道中でも、どこかに野積みしてあったドラム缶に火が点《つ》いたのか、思い出したように時折ドカン、ドカンと空中高く飛び上がるのを目にして生きた気持ちがしなかった。

ようやく満鉄のバス停に着くと、すでに百名ほどの先客がトタン張りの車庫の中に陣取り、バスを出すように交渉していたようだが、何しろそれだけの人数を乗せるバスがないので話がつかないでいた。そこへソ連機から投下された爆弾が車庫のすぐ脇に落ち、爆発の際に巻き上げられた大量の土砂が車庫にたたきつけられた。それまで、車庫の中でバスを出すまでは梃子《てこ》でも動かないと居すわっていた人たちも「このままでは殺される」と、バス会社

国民学校：一九四一年に交付された「国民学校令」によって定められた初等普通教育機関の名称。従来の小学校を改称し、戦時体制に即応した国家主義的な教育を行った。初等科六年、高等科二年を義務教育年限とした。

現地召集：戦争末期、現地で徴兵該当者を「現地召集兵」として部隊に組み込むこと。身体検査等がないことが多い。

の示す「全員徒歩で佳木斯《ジャムス》まで歩くこと、バスはそのあとをついて行き、落《らく》伍者《ごしゃ》だけを乗車させる」という条件をのみ、全員ぞろぞろと佳木斯へ向かって歩き出した。しかし、私たち一家は老人と女、子供（中でも長男・清の嫁は当時一歳の子を連れていた）なので、今から百数十キロの徒歩はとても無理だと諦《あきら》めざるを得なかった。その日、先行して行った一行の人たちの行方、結末はいまだに私にはわからない。

夕闇が迫る中、どうしようもなく、その晩は誰もいないバス停の待合室で過ごすことになった。そこでも兄嫁はまた問題を起こす。何でも、今日の避難時に一歳の子のおしめを一枚も持ってきていないことがわかった。それもとっぷり日が暮れてからだった。お袋は仕方なく先発の日本人が車庫へ残していった物の中から何かおしめになる物を探そうとロウソクに火をつけて車庫の中へ探しに行った。そのときも「このような非常時に灯火をかざすとは一体何事か！」と警戒中の人から一喝《いっかつ》された。一事が万事のんきな嫁だった。

ちょうどそのとき、満州航空のバス運転手をしている鈴木氏がひょっこり現れた。彼も逃げ遅れた一人だった。皆で相談した結果、飛行場においてある客送迎用のバスを使うことになり、鈴木氏と姉二人が飛行場までバスを取りに行った。しかし、三人は手ぶらで帰ってきた。富錦《ふきん》―佳木斯間は道路条件が悪く、雨が少ない夏でもタイヤチェーンがなければ車は走れない時代だった。その肝心要《かんじんかなめ》のタイヤチェーンが見つからなかったということだった。

夜も更《ふ》けてから鈴木氏が「自分が近くの日本軍砲兵隊の陣地へ行って状況を確かめてくるので待っていてください」と出かけたが、とうとう翌日の明け方近くなっても帰ってこなかった。しびれを切らした父が今度は「自分が行く」といいだしたが、お袋が「もし父さんがまた帰って来なかったらどうなるの？　行くなら皆一緒に行こう」といって、東の空が白々と明けてくる頃、父母と二人の姉、兄嫁と二歳に満たない甥一人と私と弟の八人そろってぞろぞろと日本軍陣地まで歩いて行った。

地下弾薬庫での修羅場

陣地近くで一人の将校と出会う。彼は開口一番「お前たちはいつまでこんなところをうろうろしているのか！　ここはもう戦闘の最前線だ！」といわれる。またそのとき「ここへ来る路上で満軍（満州国軍）と出会わなかったか？　彼等は皆反乱をおこしているのだ。よく無事でここまで来れたな」といった。一九四五年八月九日、ソビエト軍が侵攻してわずか三日にしてほとんどの満軍は反乱を起こし、日本軍の手から離れていたのだった。

敗戦後、私たちが宝清《ほうせい》県の日本人収容所にいた頃に現地の人から聞いた話では、敗戦の年の八月十日頃、戦時中、宝清県の笠原副県長はじめ宝清県警察刑務官の安田課長など、官吏たちや特務六十余名は、地元農民の荷馬車《にばしゃ》を徴発して自分たちの家族である女、子供、貴重品を乗せて南へ向けて逃走していた。彼等は各人小銃、拳銃のほか、軽機関銃二丁と大量の実弾を携行していた。彼等は避難の路上で、自分たちと反対方向へ向かう満軍の一行を一人残らず日本刀や小銃で惨殺《ざんさつ》したという。

宝清県の東側にある川べりへ至ったとき、満州軍の輜重隊《しちょうたい》約一二〇名が宝清県方向へ向け行軍してきた。猜疑心《さいぎしん》の強い一群の日本人官憲たちは、逆方向へ向かう一隊をそのままやり過ごすと、自分たちの行動が漏れるのを心配し、彼等は一計を図って一二〇名の満軍をその場で虐殺《ぎゃくさつ》したのだ。副県長の笠原は「日本は戦闘をやめたので、皆さんはこの河で体を洗い各自家へ帰ってよろしい」と訓示し、全員が持っている小銃を川岸に置いて身体を洗えといった。それをまとめに聞いた満軍の兵たちが裸になり、河へ入るのと同時に、密かに準備していた二丁の軽機関銃を彼等に向け乱射したのだった。

輜重隊：軍隊の食料・被服・武器・弾薬などの軍需品（輜重）を前線に輸送する部隊。

異常を感じていた何人かは銃声を合図にとっさに水中へもぐり、川岸に生い茂るあし草の中へ入り、辛くも一命を取り留め、逃げおおせたという。外国人傭兵《ようへい》などはじめから信を置いていなかったということではないのか。

さて、話はまたもとへ戻る。とりあえず、近くの地下弾薬庫に退避させられる。今でも覚えているが、私たちを地下室へ避難するように命じた軍人は曹長《そうちょう》の襟章《えりしょう》を付けていた。この地下弾薬庫が私たちにとって最後の命綱だった。その地下室の奥行きはかなり長かったが、横幅は二、三メートルほどしかなかった。その中には砲弾らしい木箱がいっぱい詰まっていた。私たちが入ったときは、すでに逃げ遅れた日本人避難民の先客が大勢入っていた。その地下室で昨夜戻ってこなかった鈴木氏とばったり出会う。彼がいうには「昨夜軍の陣地へ情報を聞きに行ったところ、その場で現地召集となり、どうすることもできなかった」ということだった。そして昨夜は現地の日本軍兵舎や陸軍病院の焼き払いなどの作業に走りまわされたとのことだった。

白々夜が明けると同時に、ソ連軍の猛烈な砲撃がはじまる。それと同時に、その場にいる男子は、子供を除いてすべて現地召集をかけられる。ともに五十歳を過ぎた父や富錦《ふきん》発電所に勤める同級生の馬場君のお父さんも一緒に現地召集された。しかし、さすがにそのとき曹長があまり歳だと思ったのか、

「お前たち二人はここに残って婦女子の面倒を見ろ」といった。私たちが地下室へ入り、まだ自分たちの居場所も決めないうちに、ソ連軍の猛烈な砲撃がはじまった。地下室の上に着弾する砲弾の爆発音は全く切れ間がなかった。そのすさまじさは地下室内の大人の話声さえ消し飛ばされるほどだった。

そのとき、馬場君のお父さんが「私はこうして護身用の拳銃を持っているので第一線に出してくれ！」と執拗《しつよう》に要求したので、その曹長も最後に「よしわかった、それでは行け」と出してくれたが、地下室の鉄の門扉《もんぴ》を通って地上へ出るコンクリートの階段を登りきらないところで、飛来した砲弾の爆風に飛ばされ即死する。その死体はただちに兵士たちの手によって地下室へと担ぎ込まれてきた。馬場君のお父さんは、私たち避難民で最初の犠牲者だった。馬場君はたった今まで元気だった父の変わり果てた姿を見て嘆《なげ》き悲しんでいた。父の拳銃はすでに飛ばされて手元になかったが、彼は腰から拳銃のケースとベルトをはずして、父の形見にと自分の腰につけていた。

地上の戦闘で重傷を負った人たちが次々と運ばれ、またたく間に地下室は足の踏み場もなくなる。太腿部《だいたいぶ》から下を失った人、腹から内臓が飛び出している人、腕をもぎ取られた人たちのうめき声や「拳銃はここにあるからひと思いに殺してくれ！」と叫ぶ人、それはまさに地獄絵図そのものだった。そしてしばらくすると、一人また一人と息を引き取って行く。息をしなくなるとただちに砲弾の飛び交う鉄扉の外へ運び出され山積みにされてゆくのだった。そうしないと新たな負傷者を搬入できないからだった。多くの傷ついた人たちは、マグロのように寝かされ、手当てされることもなく亡くなっていった。そして、自分たちも最後はあのようにして死んで行くのだろうかと、子供ながらに我が身を案じていると悲しくなってきた。元々弾薬庫である地下室に大勢の人間が詰め込まれたうえに十分な換気設備もなかったので、たちまち酸素欠乏状態になった。唯一外に通じるところは、鋼鉄製の門だけだったが、外で炸裂《さくれつ》した砲弾の破片を防ぐ唯一の鉄の門扉はみだりに開けることもできず、万事休した。敵方の砲弾が撃ち込まれるたびに、天井からパラパラと落ちてくるコンクリートの屑《くず》を受けながら、いつ砲弾が飛び込んでくるのかと心配すると、生きた気持ちがしないほどだった。

酸欠のため、明かり用に灯しているロウソクの灯も次々に消えてゆく。人々は頭痛を訴えだすし、飲み水にも事欠《ことか》き、それはもう生き地獄そのものだった。

大人たちは「空気を動かそう」と上着を脱いで全員で上着を振り回した。でもあまり効果はなかった。最後に食用酢の瓶《びん》が回され、酢を少し飲むと酸欠にいいといわれたが、それも大した効果はなかった。それよりも先決問題は飲料水だった。外は雨が降っているようだったが、地下室内は極端な水不足だった。昨夜からたった一つの頼りは、小さな水筒の水だけだった。最後は、兵士に頼んで持てるだけの水筒を持って来てもらい、それこそ決死の覚悟で砲弾飛び交う地上へ行き、何本かの水筒に水を汲んできてもらった。まさにそれが命綱であった。

絶えず頭上で炸裂《さくれつ》する砲撃音におびえながら、その日一日、食糧らしきものを口にした覚えはない。そのようにして恐怖の中、一日が過ぎ去った。その日一日だけで、地下室にぎっしり詰まっていた弾薬の箱もほとんど運び出されてしまっていた。

日本軍砲兵隊の陣地がまさに砲撃を受けているちょうどその頃、その陣地の後背地である現地語で〝ウロコリ〟山の中腹へ避難していた人たちがいた。敗戦後三十年ほど経った頃、中国に残された日本人孤児が、親や家族探しに一時帰国するようになった。私にも何か手助けできないかと思い、関東で自ら中心になって孤児の親探しの面倒を見ていた長野県の僧職・山本慈照《やまもとじしょう》師へ手紙を出したことがある。その伝手《つて》で、富錦《ふきん》から帰還した千葉県在住の人

山本慈昭：福祉活動家。中国残留日本人孤児の肉親捜しに挺身し、二百人以上の孤児たちと肉親たちとの再会を実現させた人物。「中国残留孤児の父」と呼ばれる。

から私宛に手紙が届いた。その手紙には、私たちが砲撃を受けているさまをすぐ近くの山腹（ウロコリ山）から見ていたと書かれていた。そこには「その日のソ連軍の砲撃の様子がウロコリ山の山腹から手に取るようによく見えた。相手側の砲弾が一分間に十三発撃ち込まれる間に日本軍陣地からの反撃はたったの三発だったという。その猛烈な砲撃で、てっきり陣地は潰《つぶ》されて、そこからの生還者は一人もいないと思っていた。あの状況の中からよく生還してきた」とあり、それほど激しい戦闘だった。私たちは本当に間一髪のところで、死の地獄から抜け出すことができたのだった。その人の話が本当だとすれば、仮にソ連軍の砲弾一発の重量が三〇キログラムだとしても、一分間に三九〇キログラムになる。それが一日中続いたのだった。今思っただけでも身の毛がよだつ出来事だった。

その日、外は終日雨だった。日が暮れると双方の砲撃はぴたりと止んだ。たった今まで、地上で敵味方いりまじって闘っていた兵士たちが、大勢いる民間人たちの不安や恐怖心を少しでも和らげようと思ったのか、戦いの合間に地下室へきて、地上の戦闘の様子を話してくれた。彼らは「砲撃が止みしばらくすると、今度は敵の斥候《せっこう》が地図を片手に日本側陣地の様子を探ろうと

斥候：敵情や地形をひそかに探るために差し向ける少数の兵。

偵察《ていさつ》に来だした。陣地を守備する日本兵は銃を発砲すると自分のありかを知られるため、ここは敵のうしろから忍びより、銃剣の刺突で仕留めるしかなかった」と戦闘の生々しい話をしてくれた。そのとき、地上ではすでに両軍入り乱れての殺しあいがはじまっていたのだった。自分たちの頭上での状況を聞くと、なお一層恐ろしくなり、震えだすありさまだった。

地下室から決死の脱出

確かそれは、時計が八月十二日に変わった頃だと思う。当地の日本軍指揮官（例の曹長）がきていうには、「今双方の砲撃は中止しているが、明日はもうこの陣地も潰《つぶ》されるだろう。しかし、我々軍人はここで最後まで戦う覚悟だ。お前たち民間人は砲撃が中止したこの機会にここを脱出せよ。砲撃が止んだ今が最後の機会だ。警護の兵はつけるので、逃げられるところまで逃げるように。ただし地下室を出てからは絶対私語は厳禁。赤子も泣かすな。また、決して塹壕《ざんごう》から身を晒《さら》すな。ここは戦場だ。戦場で身を晒す者は敵味方双方から攻撃される」と厳重に注意を受ける。それはまさに命がけの行動

塹壕：戦場で歩兵が敵弾を避けるために地面に掘削した穴、または通路のこと。

塹壕（『満洲事変紀念大写真帖』国会図書館蔵）

だった。

　いざ地下室を出るとなると、父親を亡くした馬場君一家には小さい子が多く、手に負えずにいた。気の毒に思った八重子姉が進み出て、小さい子の一人を背負うことになる。地下室を出るときは身重な人から先に出すことになり、八重子姉はその組に入り、一足先に地下室を出た。そのあとに健常者が続いたが、少し間が空いた。地下室を出ると、そこから四方八方に塹壕が伸びていて、先発の人たちがどの方向へ行ったのかわからない。歩哨《ほしょう》に立っている現地召集を受けた在郷軍人らしい人に小声で聞くが、ただ「早く行け！」というばかりで埒《らち》があかず、とにかく、すぐ目の前の塹壕へ飛びこんだ。私たちと八重子姉はこのときに別れたきり、その後、杳《よう》として行方がわからないまま今に至る。塹壕の中は昨日からの雨で子供の胸あたりまで水が溜まっていた。

　塹壕に入って幾《いく》らも歩かないうちに、前方で突然照明弾が打ち上げられる。一瞬あたりは真昼のような明るさになる。皆我先に水が溜まった塹壕の中へ身を隠す。突然鳴りだす機関銃の射撃音に身がすくむ思いがした。まわりが漆黒《しっこく》に戻るのを待って、また水の中をジャブジャブと歩き出す。そのようにして塹壕がつきる所まで歩き、地上へ出て草原の中を歩き回る。いよいよ夜

歩哨：警戒、監視などの任務につく兵士。哨兵。

が明けてお互いの顔が見える頃、自分たちが歩いた跡を振り返ると、何のことはない、直径四、五〇メートルの円を描いて草が倒されていた。昨夜はそこを堂々巡りしていたのだった。よくよくあたりを見ると、そこは普段よく遊びに通った富錦《ふきん》飛行場の近くの地形だった。

夜が明けると同時に、佳木斯《ジャムス》方向を見定めて一般道路を歩きだした。昼近くまで歩いてたどりついたところには、道路わきに煉瓦《れんが》づくりの事務所風の建物があった。その建物から兵士の一人が佳木斯へ電話をするが、電話線はすでに切断されていたようで不通だった。富錦から一緒に逃げてきた仲間の中には、若い五、六人の電話局員がいたが、彼らは緊急要員としてそこで皆と別れて、若干の兵士とともに先発隊として佳木斯へ向かった。

昨日以来、二十四時間何も口に入れていないので、近くの野原で休憩をとることになった。昼食といっても、各人持っているものはすでに底をついていたので、兵士が持つ携帯食糧の乾パンを各人二、三粒ずつ分けあって食べた。

そういう切羽《せっぱ》詰《つ》まった食糧不足のときでも、ボスらしき兵士たちはなけなしの乾パンを餌に避難民の中から女性を連れ出し、近くの野原でことに及ぶのだった。そこは野原といっても短いペンペン草が生えているくらいの草原

移住地では、本都を中心として各部落および駐屯軍、その他との間に電話を架設していた（『満州農業移民写真帳』国会図書館蔵）

で、大勢の中国現地の人たちが遠巻きに見ている中での蛮行だった。兵士たちは現地の人たちの目など全然気にする風もなかった。頭から現地の人など人間とは思っていなかったのだろうか。そのような行為を目にした避難民の中の年長者が陰で不満を訴えると、彼等は「お前たちも来た道だろうが！今我々は命を的に闘っているのだ！　つべこべいう奴は勝手に失せろ！」といって威嚇《いかく》するのだった。そのとき私は子供ながらに「命がけなのは何も兵隊に限ったことではないのに」と思ったことがある。本来、自分たちが守るべき避難民中の女性にさえ、そのような卑劣《ひれつ》な行為に出るなんて。最近、以前、私が読んだ五味川純平《ごみかわじゅんぺい》の『人間の條件《じょうけん》』の中で語る、一家散りじりになった一少女を送りオオカミよろしく、一人の兵士が犯す一場面を地で行く有様だった。

その休憩のとき、いつの間にか集まってきた大勢の物見高い現地の人たちの中の一人が貞子姉へ「たった今ここを通過して行った人たちの中にあなたと同じ顔立ちの人がいた」と教えてくれた。姉はすぐに現地の人から聞いた話をお袋に伝えていた。お袋は、はぐれた八重子姉も元気で避難しているものと判断し、少し安心した様子だった。そこを出発して一時間ほど歩いたあたりで、突然、道路のうしろの方から高いエンジン音を響かせて一台のソ連

人間の條件：五味川純平の長編小説。全六巻。著者自身の戦争体験を交えて描かれた。戦争という極限状態に置かれた人間の醜さと、数々の理不尽にさらされながらも尊厳を持って生き抜こうとする人間の美しさを描いた作品。

軍戦車が迫ってきた。付き添いの兵士が慌《あわ》てて皆を道路から少し離れた一軒の開拓団の倉庫らしき建物の中へ隠れさせた。その倉庫はバラ板を打ち付けただけの粗末な建物だったので、いたるところがすき間だらけだった。

そこでリーダー格の兵士が「敵が我々を発見して撃ってくるまで、決して発砲してはならん!」と命じた。怪獣《かいじゅう》のような戦車が轟音《ごうおん》を響かせながら数名のソ連軍兵士に囲まれてすぐ目の前の道を通りすぎてしまうまでは、本当に生きた心地がしなかった。

そのとき、私は富錦《ふきん》で避難していたあの地下弾薬庫もきっとソ連軍につぶされたのだろうと思った。

その戦車と一グループのソ連兵士をやり過ごしたあとに、リーダーの兵士が「戦車に先を越されては、もう佳木斯《ジャムス》へは行けない。ここから行き先を宝清《ほうせい》に変更する」と皆に伝えた。大きな道路でソ連軍戦車に遭遇《そうぐう》してからは、危なくて大きな道は避けて歩くようになる。しかし、富錦から宝清の間には大きな湿原が横たわり、よほど現地に詳しい人でなければ、道なき道を歩くのは大変なことだった。一見、草原のように見える底なし沼に、一歩間違え足を踏み入れると抜け出られなくなるといわれる恐ろしいところだった。

カンカンと照りつける太陽の日ざしの中を歩いていると、喉《のど》が渇《かわ》き、皆水を欲しがった。しかし飲めそうな水はどこにもなく、せっぱつまって最後には道路の轍《わだち》の中にたまった雨水を見つけると、水面をすいすい泳ぎまわるみずすましをよけながら、口をつけてその水を飲んだ。食糧といえば農地に生えるトウモロコシの生の実しかなかった。空腹のあまり、手当たり次第、生のトウモロコシをもいで口にした。生のトウモロコシがこんなに甘い物かと思い知らされた。それは、今まで食べたどのお菓子よりおいしく思われた。

中国人青年との邂逅と武装農民の襲撃

夕刻、見つけた現地の人の村に入り、無理に頼んで夕食を炊いてもらう。この村で一食一飯の要求をしたときも、最初は代金を払って欲しいといわれた。今から思うと、見るからに貧しい村の人たちにとって、突然押し寄せて来た六、七十人あまりの避難民の来訪は、まさにイナゴの大群に襲われたような一大災難だった。

その日は数日の避難行の中、久しぶりに屋根の下で休むことができた。そこで父は、はじめて腰に巻いていた村上義兄から預かったお金の包みを確か

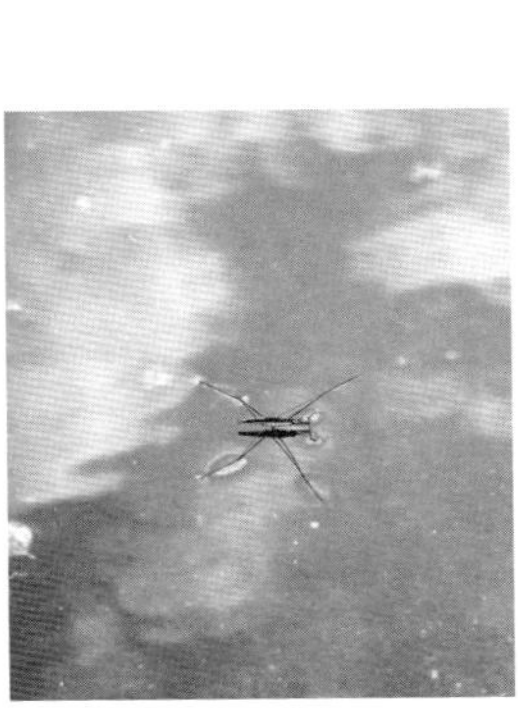

みずすまし（アメンボ）：水面をすばやく泳ぐ小型の水生昆虫で、水面での生活に特化した独特の体のつくりをしている。捕まえると飴のような臭いがすることからアメンボと呼ばれるようになったとする説がある。

め、顔色を変えて驚いた。避難途中、いつの間にか風呂敷包みが緩み、自分が預かった三十万円の三分の一ほどが散逸《さんいつ》していたのだ。あとで富錦《ふきん》から一緒に逃げてきた避難民の人たちから聞いた話では、「夜半、富錦の地下室を這《は》って出るとき、瓦礫《がれき》の上にたくさんのお札が落ちていたが、誰も見向きもしなかった。きっと皆命がけだったので、お金などに関心がなかったのだろう」といっていた。みんな逃げるのが精一杯だったのだと思う。

その農村では、つい最近までお袋の下で働いていた中国人青年とばったり出会う。その青年はお袋に「お母さん今逃げると危ないです。しばらく私の家にいてください」といわれた。

彼は数カ月間お袋の下で働き、その間、私たち家族と同じ釜の飯を食べてきたので、お袋にとても懐《なつ》いていたのだ。しかし、親たちにしてみれば、今大勢の日本人と別れて自分たちだけ残った場合のことを心配してその好意を断って全員と行動をともにする。

私たちはそこで一泊して翌日早朝出発する。そのときも彼（お袋の下で働いていた青年）は村の出口までついてきて、先頭に立って道案内をしている中年の中国人をさして「あの人悪い人、いうこと聞いたらダメです」とお袋にささやいた。しかし、私たちは誰も彼のいうことを気に留めていなかった。

マクワウリ（真桑瓜）：ウリ科のツル性の一年生草。マスクメロンと祖先が同じで、果物として食される。

コウリャン（高粱）：中国北部で栽培されるとうもろこしの一種の雑穀。多数の系統がある。食料・飼料、またコーリャン酒の原料とする。

そしてその一人の男が指し示す方向へ道をとった。

歩きだしてほどなく、小さな部落にさしかかった。部落の入り口近くは一面のスイカやマクワウリの畑だった。私たちが久々に見るウリやスイカに目をとられて、一、二個失敬していると、突然部落の中から発砲してきた。すかさずリーダーの兵士が「早くうしろのコウリャン畑へ逃げ込め！」と叫んだ。ふと横を見ると、つい先ほどまで一緒に歩いていた同級生の馬場君が「しまった！　足をやられた！」と叫んだが、雨あられのように撃ちかける銃弾の中、どうすることもできずに、私はコウリャン畑に逃げ込むので精いっぱいだった。その畑に逃げ込んだあとも、雨あられのように飛んでくる敵の銃弾で、すぐそばに立っているコウリャンの幹がピシピシと倒れていくのを見ると、身の毛がよだつほどに恐ろしかった。その銃撃戦で一人の兵士はとうとう帰ってこなかった。あとで考えると、これは最初から彼らが仕組んだ罠《わな》だったのだ。その日も暑い日差しの中を夕暮れまでがむしゃらに歩きまわる。

夕方近く一つの村落を見つけ、今夜こそはそこで一泊できないかと近よった。その村落の周囲には人の背丈ほどの溝が掘ってあった。それは水なしの空濠《からぼり》だった。村人たちもその空濠を登り下りして村から出入りしているらし

コウリャン畑。高さ3メートルを超えるため、大人でも簡単に隠れてしまう（『満州農業移民写真帳』国会図書館蔵）

く、その一カ所だけ踏み固めた道ができていた。

私たちもその道を通って村内へ入って行った。そこを登りきったところは農作業のための広場になっていた。兵と避難民全員がその広場に立って、先頭の兵士が現地の人と一宿一飯の相談をする。そこでも、村人たちの要求はその代金の支払いだったようだ。

その相談の最中、先頭にいた一人の兵士の銃が相手に強奪され、その兵士はまわりの村民たちに取り囲まれて袋叩きにされてしまった。ちょうどそのとき、父親のうしろへ回り込んだ一人の男が天秤棒《てんびんぼう》で殴《なぐ》りかかろうとしたその刹那《せつな》、貞子姉が気づいて「父さん危ない！」と叫んだので、父もとっさに戦場で拾った日本刀を頭上に構えて遮《さえぎ》り、難を逃れることができた。それと同時に、先ほど兵士から奪った銃を使ったのか、私たちに向かって村人が発砲してきた。他の兵士の「退却！」の叫びで、皆いっせいにに今渡ってきた狭い道をめがけ殺到した。五十を過ぎたお袋が、そのとき何かに足を取られて壕《ほり》の下まで転げ落ちたことをあとから知った。村にも何丁かの銃があったと見えて、かなりの人がそこで亡くなった。村から脱出すると一目散にコウリャン畑へ逃げ込む。コウリャン畑に隠れてからも村人たちは周囲から闇雲に銃を撃ってきたので、怖くてたまらなかった。

天秤棒：両端に荷をかけて荷物を運ぶための棒。中央を肩にあて、かついで運ぶ。天秤。

馬場君のお母さんと背にした小さな子は、とうとう帰ってこなかった。きっと今の銃撃戦で犠牲になったのだろう。かわいそうに同級生の馬場君は、銃撃戦で母を失い、本人も今度は頭に銃創《じゅうそう》を受け途方に暮れて泣いていたが、私はどうすることもできなかった。また彼の小さな弟が心細そうに彼の手を握り、兄を見上げ付き添う姿を見ると、居《い》た堪《たま》れなくなるのだった。馬場君のお父さんと同じ富錦《ふきん》発電所の職員だった新田さんが背にしていた小さな子も、銃弾を受けてすでに亡くなっていた。我が子を亡くした新田のおばさんが、気丈にも馬場君に「馬場君、おばさんが一緒にいるから心配しないでもう少しがんばろうよ」といって彼を慰《なぐさ》めていたのが空しく思い出される。

村民に囲まれて袋叩きにあった兵士は、丸裸の格好で一番遅く逃げ出してきた。その兵士の話では、あまり多くの村人から殴られたので死んだふりをしていて、現地の農民が離れたすきに逃げて来たといっていた。丸裸の兵に着せるような余分な服などないので、余分に重ね着していたおばさんたちから、モンペと上着をもらって着ていた。

トウモロコシ畑の中を歩いていると、無情にも雨がしとしとと降りだしてきた。空腹に耐えきれず、皆生のトウモロコシをもいで口に入れていた。ほとんど一日中何も食べていない者にとって、生のトウモロコシはこの世で一番美味しく感じられた。その日はしとしとと降る雨の中で夕暮れどきを迎える。

どの村に近寄っても、住民の反撃にあって受け入れてもらえず、仲間はだんだん減っていき、途方に暮れる。残りの避難民たちは連日の避難行の疲れと空腹、それに加えて小雨降る中でただ悄然《しょうぜん》と立ちつくすばかりだった。そのとき、リーダーの兵士が「今夜はここで野宿する」と命令する。

しかし、お袋はそれでも動ずることなく、率先して畑の中に丸く積んであるたくさんの麦ワラを見つけると、せっせと畑の畔《あぜ》の窪《くぼ》みに麦ワラを敷《し》きつめ、寝床をつくってくれた。縦一列に私と弟を寝かせた。私たちの体の上にもまた、たくさんの麦ワラをかけてくれたので、その夜は一滴の雨にぬれることもなく、ホカホカの寝床で夜が明けるまで熟睡することができた。朝早くお袋が起こしに来たときには、昨日の雨でぬれていた衣服も靴もすっかり乾いていて、その朝はとても幸せな気分だった。この寝床から起き上がるのが惜《お》しいほどだった。本当にお袋の智恵のすごさを垣間《かいま》見《み》た思いだった。その夜の懐《なつ》かしい出来事が今でもよく夢枕に現れる。昨夜その場にいた兵士や多くの避難民は、お袋の寝床づくりを真似て一夜をしのいだはずだ。

いつ果てるとも知れない逃避行はまだつづき、その日も宝清《ほうせい》めがけて歩き出す。正午近くに大きな川のほとりに出る。幅二〇〜三〇メートルほどの川だった。兵士がどこか渡れそうな浅瀬はないかと探していると、川の向かい側の小高い山の中腹に各々手にキラキラ光る武器を持った人影を発見する。

「すわ敵襲！」とばかり川岸に生えている深いあし草の中へもぐりこむ。そのうち双方撃ちあいになる。強い太陽の日ざしの中、皆身動き一つできずにうずくまる。そのうちに流れ弾を受け、一人また一人と負傷する。貞子姉は、運悪く銃を撃ちまくる兵士の傍《そば》にいて、流れ弾を大腿部に受け、重傷を負う。私たちは深いあし草が生い茂った中にバラバラになって隠れていたが、距離はそう離れていなかった。お互いの小さな話声が聞こえるくらいの近さだった。お袋は、朝方私が現地の人の畑でとったマクワウリを思い出したように、リュックサックから取り出して皮をむき、その一切れを私に持たせて貞子姉のいる所へ持って行かせた。見ると姉は大腿部《だいたいぶ》を貫通する傷を受けていた。その場で仮包帯をしてもらっていたが、大きく血がにじんでいて、とても痛そうだった。そのとき姉がか細い声で「私だけ置いていかないようにお母さんにいってね」と私に託した。私はまたお袋のところへゴソゴソと這《は》って行き、その言葉を伝えたが、お袋は寂しく一言「どうしようもなかもんね……」とつぶやいた。そうしているうちに兄嫁が「母乳が出なくて清二（清兄の二番目の息子）が死にそうです。どうしましょうか？」と聞いてくる。ここ数日来食事らしきものは一度も口にしていないので、母乳が出ないのはどうしようもないことでもあった。お袋も仕方なく、一言ポツリと「ひと思いに乳房で口をふさぎなさい」というしかなかったようだ。かわいそうだが前年五月に生まれた清二はそうして短い命を絶たれたのだった。

さらにもう一人、同じ富錦《ふきん》から避難してきた一人の女性も大腿部《だいたいぶ》に銃弾を受けて歩けなくなり、一日中ずっと「お姉さん！　私を置いて行かないでください、お願いだから」と泣き叫んでいた。その女の人の泣き声は一晩中続き、人々をより一層悲しくさせた。

こちら側の兵士も、昨日袋叩きにあった兵を除くと、健常な兵二人だけになっていた。そこで、兵士たちが相談した結果、最後に残った一発の手榴《しゆりゆう》弾《だん》を使うことになった。最後の一発なので、最も効果があるところへ投げなければならない。昨日裸で逃げ帰った兵士に「お前は昨日一度は死んだのだから、立ちあがって手榴弾の効果を観察せよ」とリーダーが命じた。

そして、リーダー格の兵士が最後の一発の手榴弾を、敵が居そうな草むらめがけて投げた。この撃ちあいではじめて使った手榴弾に怯えたのか、日も暮れかけてきたためか、ひしひしと迫って来ていた賊たちも潮が引くように逃げて行ったようだ。そのうち夜もとっぷり暮れていった。その日も朝から

手榴弾：手で投げて用いる小型の爆弾。手投げ弾、擲弾（投擲弾）ともいう。

生のトウモロコシ以外は何も口にしておらず腹ぺこだったが、襲いかかる睡魔に抗しきれず、皆一日中の緊張と疲れでその場で寝込んでしまう。夜が白々明けだした頃、前の方からのジェスチャーで今から出発すると合図がくる。今までの疲れでもっと寝ていたい気持ちを振り切って、前の人のあとについて川岸を抜け出す。

昨日の銃撃戦で傷ついた貞子姉と一人の女の人をあとに残して行くしか方法がなかった。私は重傷を負って一人取り残された貞子姉のことを毎日のように心配していたが、私の力ではどうしようもなかった。

両親の死

河岸のあし草の中からようやく抜け出し、小さな道へ出た。周囲を見渡しても、昨日までいた二人の日本軍兵士の姿はどこにも見当たらなかった。そこで、最後に残った中年男性の新田さんの提案で「匪賊《ひぞく》たちは何でも赤い色を好むようなので、一つ赤旗をつくろう」といって女性の腰巻を一枚もらい竿《さお》の先に結び付けてさすことにした。

匪賊：集団で略奪、殺人、強盗などを行う賊。

すると間もなく馬に乗った一人の男が私たちのまわりを一周して帰って行った。あとから思えば、恐らくそれは敵側の斥候《せっこう》だったのだろう。

それから幾《いく》らもたたないうちに、今度は賊の一群が遠巻きに私たちをとり囲む。あとはてっきり銃撃されると思った。すると新田さんが「自決したいものはここへ来いよ」といった。私はすかさずお袋に「僕たちも行こうか?」というと「どこにいても一緒だから、動くな!」と私を制して叫んだ。あとから考えると、そのひと声が結果的に私たち兄弟を救ったのだと気がつき、お袋の判断が最善だったと思い知らされる。そのとき、のこのこと新田さんたちのところへ行っていれば、結果は明白だった。

新田さんは護身用の拳銃で自分の妻と小さな男の子の胸に各一発、そして自分のこめかみを撃ち、自殺した。その銃声に触発されたかのように、私たちのまわりからいっせいに銃声が鳴り響いた。私はとっさに地面に頭を擦りつけるように、ガバッとその場に伏せた。その瞬間二発の銃弾が私の頭すれすれに飛んできて、すぐ目の前で土煙を上げた。

それは本当に間一髪の出来事だった。そのとき頭を下げなかったなら、きっと二発の銃弾で私は頭を粉砕されていただろう。のちに思ったことだが、そのときの銃は二連装の熊狩り用の猟銃だったのではないだろうか。その射速が遅かったことも私には幸いしたと思う。

その後、間髪をいれずに、ワッと一群の群衆が飛びかかり、死者も生きている人も、見境《みさかい》なく瞬《また》く間に身ぐるみ裸にされる。ズボン一枚になった私は、その姿で真っすぐ数メートル離れたお袋のところへ駆け寄る。そのとき、やはり褌《ふんどし》一つになった父が私を見つけて「忠雄お前生きていたか！」と叫びながら私の方へ駆け寄ろうとしたところを賊の頭目が父めがけて拳銃を一発放ち、父は私の目の前で射殺されたのだった。

お袋のところへ行くと、お袋は左胸部に銃弾を受け即死の状態だった。私と弟は声を限りに「お母さん！　お母さん！」とお袋の軀《むくろ》にすがりつき泣き叫んだが、どこか遠くを見るかのようにあけはなたれた目のお袋の顔は、何の反応も示さなかった。お袋がかばったのか、文夫はお袋の陰で無事だった。生前いつも口癖《くちぐせ》のように「私たち年寄りはいつどこで死んでも構わないが、この子ら二人を安全な所へ届けるまでは死ぬに死ねない」といっていたお袋を失い、私たち二人はただ茫然自失の状態だった。文夫はお袋が身をもって守り、私もお袋の一言のおかげで、かろうじて命を落とさずにすんだのだ。

この一週間ほどの間、富錦《ふきん》県から道なき道を若いものに劣ることなく、最期の地まで約一〇〇キロメートルを歩き通した両親は、それぞれ一八八八

（明治二十一）年と一八九二年生まれの老人であったが、よくここまで耐えてきたと本当に頭が下がる思いだった。でも、今はもうこの世にはいない人なのだ。

たった今までちっともお袋のそばを離れたことがない文夫が悲しむ姿を目のあたりにして、私はなんといって慰《なぐさ》めたらいいのか本当に途方に暮れてしまった。私とて、どんなに泣きたかったか。今となっては文夫が頼れるのは私だけなのに、その私が文夫の前で涙を見せてはいけないと、そのとき強く心で思った。あと先何も考えることなく、文夫へいった最初の言葉を私は今でも忘れない。「この仇《かたき》いつかきっと討とう!」という一言だった。文夫は、この現実をどう受け止めたのだろうか　彼の心情を思うと弟が不憫《ふびん》でならなかった。

激しい銃撃戦のあと、生き残った人たちがゴソゴソと一カ所に集まり、皆茫然と立ちつくしているところへ、賊の頭目が一人の日本語がわかる朝鮮族の男を連れてやってきた。そしてその頭目がいうには「日本は昨日無条件降伏した。また長崎、広島には原子爆弾が落とされ、今後二百年間は草木も生えず、人間もそこへ住むこともできない」と誇らしげに伝えた。そのときの私たちにはそれが一体何の話か全くわからなかった。

数日経って知ったことだが、そのときの賊の頭目こそが満州国の七星泡鎮《しちせいほうちん》駐在の森林警察隊の隊長をしていた喩殿昌《ゆでんしょう》という男だった。私の両親はまさにこの男によって殺害されたのである。

戦後半世紀以上経って、その地で亡くなった人たちの慰霊に行ったとき、現地の人から聞いた話で、襲撃の際亡くなった人は全部で三十四名、生存者は重傷の人も入れて九名だったことを知らされた。辛くも生き残った九名は私もよく覚えている。そのうち男は私たち兄弟とあと一人は四歳ほどの小さな男の子で、身体に三発の銃弾を受けて瀕死《ひんし》の状態だった。残り六名の女性も健常者一人だけであとは身に数発の銃弾を受けている人たちばかりだった。現地老人が「中に二人の子供がいた」と話してくれた。それは私と文夫のことだった。

私と大の仲良しだった馬場君も彼の弟も今日の襲撃で一瞬のうちに亡くなっていたのだった。富錦《ふきん》という町は日本人居留者も少なく、当時国民学校と呼ばれていた日本人学校の同級生も全部合わせて四、五名ほどしかおらず、日頃から馬場君とは兄弟同然の仲だった。私はついさっきまでそばにいた両親と姉、そのうえ友人まで失って途方に暮れるばかりで、ますます心細くなってくるのだった。

森林警察隊：森林地帯は馬賊や匪賊のほか、日本開拓団に土地を奪われた反日武装勢力の根拠地となっていたため、木を伐採する労働者を守るために組織された特務機関配下の警察隊。労働者の護衛のほか、山にこもる賊や武装勢力の討伐などを主な任務とした。

生き残った九名の中で無傷の者は私たち兄弟二人と同江《どうこう》から避難してきたおばさんだけだった。兄嫁も足のふくらはぎに軽傷を受けていた。

賊は襲撃直後、生存者全員を民家の一室に集めてきた。私は上半身裸だった。それを見た同江から避難してきたおばさんが賊の頭目に噛《か》みつくように「あんたたち！　こんな裸にしてしまい、風邪ひくではないか！」と抗議してくれたお陰で、私はようやく一枚のシャツを返してもらった。見知らぬ他人がこんなに心配しているのに、兄嫁はどこ吹く風かという風情で無関心だった。その夜は一間のオンドルの上に重傷者と一緒にマグロのようにごろ寝をさせられた。

その夜遅く、今日の銃撃戦で亡くなった人たちの亡骸《なきがら》を片づけていた馬車《ばしゃ》引《ひ》きの人が、大勢の死者の中から、重傷を負ってうめき声をあげて虫の息の新田さん母子を発見して、私たちの部屋へ担ぎ込んできた。最初は死んでいるものと思って、死者を運ぶ馬車に積もうとしたところ、かすかな唸《うな》り声をあげていたので、この人はまだ生きていると、私たちの所へ運んだという。

よく見ると新田のおばさんは、身に三発の弾の傷跡があった。一発は新田さんから撃たれた胸もとの傷で、あと二発は腕と足に賊から撃たれた傷があった。おばさんが連れていた三、四歳の男の子も親が放った銃弾を胸に、さらに賊からの弾の一つをかかとに受けていた。その一発で、小さな足のかかとは完全に吹っ飛んでいた。残りの一発は左の上腕部で腕の骨は砕けて小さな腕はほとんど切れてぶら下がっていた。新田さん親子はともに身に三発の銃弾を受けていて、息が絶え絶えな様子で、その夜は一晩中かすかな唸り声をあげていた。

戦後半世紀以上経った頃、私は東京でふとしたことから、戦前に富錦《ふきん》街の発電所で所長をしていた吉田さんにお会いする機会を得た。吉田さんから聞いた話では、なんと一九五三（昭和二十八）年の春に新田さんは親子ともども郷里の鹿児島へ帰ってきたとのことだった。医者も薬品もない中で、その重傷に耐えて二人はよく命を永らえて助かったものだと思う。きっとこの親子も不自由な体で、現地の人々に大変お世話になったことだろう。そうしたことを思うと、戦後の混乱期の中、お互い経済的にも逼迫《ひっぱく》しながら私たちへあたたかい手を差し伸べてくれた方々にいくら頭を下げても足りない気がする。

夜がとっぷり暮れた頃、賊の頭目が呼んだのか、一人の医者らしき人が来て診てまわったが、薬をつけるでもなく、ただ包帯をしただけのようだった。傷ついた人たちは一晩中痛い痛いと唸り通しだった。私はまたあの地下室の一夜を思い出し、自分自身の死がいっそう近づいてきたのかと悲しくなるのだった。

収容所から製粉工場へ

銃殺寸前で救われた命

賊の襲撃を受けた翌日、私たちは早速近くの部落へ移動させられた。そこはとても小さな村だった。その日のお昼過ぎ頃だったか、富錦《ふきん》からずっと一緒だった二人の兵士が軍服の上から現地人の服を着用し、変装して訪ねて来た。彼がいうには「昨日皆と別れたあと、深夜にソ連軍野営地の天幕《てんまく》に切り込みを行い、数人の敵を殺害してきたので今追われているのだ。匿《かくま》ってほしい」とのことだった。そのとき、応対に出た同江《どうこう》から避難してきた小林おばさんが「見ての通り私たちも囚《とら》われの身なので、そのようなことはできません」と追い返したのだった。

それから間もなく、今度はソ連軍将校が一人の兵を伴《ともな》って村へ来た。彼ら

天幕：組み立て、解体のできる移動式の家屋のこと。テント。

がいうには、私たちが先ほどの逃亡兵をどこかへ逃がしたということだった。国境の村にはロシア語が堪能な人はどこにでもいた。ここへ訪ねて来たソ連兵も現地の人たちに聞けば、直前に二人の日本兵が来たことは、すぐにわかることだった。しかし、二人の兵士たちを逃したのは、私たちではなかったのだが。そこは言葉が通じない悲しさだった。

そして、私たちへは何もいわずにソ連軍将校は、私たち全員を村の広場へと連れだした。重傷で動けない人も含め九名全員を横一列に土下座《どげざ》させた。まだ子供の私は、一体どういうことかわからずに、素直に庭へ出て皆と一緒に土下座した。でも、すぐそのあと、まわりの雰囲気で私たち全員は銃殺されるのだと悟った。しかし、どうすることもできず、もう観念するよりほかになかった。ソ連将校と兵士は各々実弾を込め、銃を構えた。ちょうどそのとき、そこの村長らしき人がソ連軍将校に走り寄って二言三言ロシア語で話したのち、私のところへ駆け寄るなり、私たち兄弟二人の腕をさっと摑《つか》んで引っ張り出した。のちに彼から聞いた話では、そのとき彼は将校に「小さな子供に罪はないので殺さずに私へくれ」といったとのことだった。

大勢の村人たちが周囲をぐるりと取り囲んで事のなりゆきを見守っていたが、村長の今の行動を見るなり、それを合図のように皆我先に走り出てきて、中には重傷のため自分で座ることもできないような人も含めて、すべての日本人をそれぞれ引っ張り出したのだった。そして私たち全員を庇《かば》うかのように、群衆の中へ連れ込んだのだ。それは本当に一瞬の出来事だった。

最初、ソ連軍将校は目の前の出来事にあっけにとられて突っ立っていたが、そのあと苦笑しながら私たち全員一人ひとりと握手をすると踵《きびす》を返して出て行ってしまった。全く間一髪のところで全員死を免れたのだった。これこそ本当に地獄の一歩手前で仏様に救われた気持ちだった。

その後、私たちは数日その部落にいたが、村長も村人たちも昨日のことは忘れたかのように、いつもと変わらず私たちに接していた。ということは、先の行動は純粋に私たちの命を助けるためだったことがわかる。つい数日前までは、貧乏な現地の人たちを尊敬の眼差しで見たこともなかったが、今回の行為を通して村長以下の皆が神々しくさえ見えた。今まで会ったこともない、全く未知の人たちに全員命を助けられたのだ。そのとき私は村長はじめ、周囲の村人たちが本当の親か兄弟のように思えた。つい最近まで、日本人開拓団入植のために自分たちの肥沃《ひよく》な土地を奪われ、片隅で小さくなって生活していた人たちの大きな心を感じずにはいられなかった。この恩は生涯決して忘れることはできない。

満蒙開拓団：満州事変以後、日本が満州や内蒙古などに送った農業移民団。一敗戦時には約三十二万人が満州に居たといわれる。ソ連の対日参戦で多くの人が犠牲になった。

つい先日までは食べるものもなく、いつ襲撃されるかもわからず、毎日道なき道を逃げまわっていたが、少なくとも寝食《しんしょく》の心配がなくなり、心に少し余裕ができると、人間誰しも昔のあたたかい生活を懐《なつか》しみ、思い出してセンチメンタルな気持ちになるものだ。

特に、たった今までお袋の膝元から離れたことのない文夫は、いつもシクシクと泣いてばかりのようだった。兄嫁はというと、腹いっぱいご飯が食べられるようになると、母乳が元通り出るようになってきた。それを見た村長が「実は家の赤子の母親の母乳が出なくて困っているので、乳母《うば》になってほしい」と申し入れがあった。兄嫁も二つ返事で承諾して村長の家へ移る。私たちも一緒だった。村長の家とはいっても、貧しい生活の中で母乳がよく出るようにと、兄嫁には毎日食事も特にいいものが与えられていた。兄嫁もルンルン気分だったようだ。そこでも、母親を自分の目の前で失った文夫の表情は一向に晴れなかった。そんな状況を横目にしながら、兄嫁は私たちに何はばかることなく「私ははじめからあなたたちが大好きだったのよ、あの鬼婆が死んで本当によかったわ」と私たちの神経を逆なでするようなことを平然といい放った。生前、お袋は兄嫁ののんきな生活態度を見かねて、たまには意見することもあったのは確かだった。それは私たち子供の目から見ても兄嫁には分がなかったと思う。その兄嫁が私たちのお袋を侮辱《ぶじょく》する言葉を吐《は》いたのだ。私たちにすれば世界で一番大切な人、一番尊敬するお袋を罵《ののし》られて黙ってはいられないことだった。文夫はますます泣きだした。今では文夫にとって唯一の頼りは私しかいないのに、その私が文夫の前ではどうしても泣くことはできなかった。私が泣けば文夫はもっと悲しむだろうと思って、今後どんなに悲しいことがあっても、決して弟の前で涙を見せてはいけないと心に決めていたのだ。私は兄嫁がお袋を罵倒《ばとう》した今の一言を絶対許せないと思った。いくら相手が大人であっても一矢報いたかった。

私は一計を案じ、まず村長の家の庭へ出る玄関の扉を開けはなし、逃げ道をつくった。そこでオンドルの縁《ふち》へだらしなく腰かけている兄嫁の元へ戻り、力いっぱい頰《ほほ》を打った。不意を打たれた兄嫁は悲鳴を上げて大いに怒り、私を追いかけて来た。私はあらかじめ開けはなっていた戸口から一目散に外へ逃げ出して行った。しばらく近所をぶらついていたが、一人外へ出ては見たものの、日はだんだん西に傾き夕暮れどきになり、家へ帰るしかなく、どんな仕打ちがあるだろうかと恐る恐る家へ帰ると、部屋に村長がいて一言「何があったかは知らないが大人をぶってはいけないよ」と私をたしなめた。兄嫁は私に何もいうことができず、その日は終日仏頂面をしていた。

オンドル：朝鮮半島や中国東北部に見られる暖房設備。火のたき口から出る煙を床下を通して外に出す。床下を通る煙の熱で部屋全体があたたまる。

数日後に隣に住む家の同年輩の男の子と仲良しになった。彼は毎日のように遊びに来ていた。ある日のこと、彼は私に「明日は一緒に畑へ行こうよ、お昼は豚肉に白いマントウが食べられるよ」と私たち兄弟を誘った。翌日、私たちは早速その子について畑へ出かけた。子供のことだから畑へ行っても大した仕事もしないうちにお昼になり、皆と一緒に弁当を分けあって食べた。その家の人たちは皆優しく、いい人ばかりだった。

そこにも長くは居られず、また次の村・涼水圏子《りょうすいけんし》というところへ移された。そこには敗戦前から近所に入植していた開拓団の人たちが数人、私たちと同じく囚《とら》われていた。彼らもこの近所で暴徒の襲撃にあった人たちだった。

その人たちは恐らく、長野県から来た人たちだった。確か中に大久保さんという学校の先生をしていた人がいた。彼は腹部に貫通銃創《かんつうじゅうそう》を受けていて、薬品もなく、治療らしい治療もできず、その傷口からいつも血が滲《にじ》み出ていた。そのほかに二人の開拓義勇隊の若い男の人と、あとは小さな子持ちのお母さんに独身の女性二、三人の七人ほどがいた。

義勇隊の若い男の人は、避難の途中、草むらで用便中に現地の農民四、五人から頭部を鎌で滅多切りにされて頭は大きな切り傷だらけで、いつも頭を包帯でグルグル巻きにしていた。夏のことなので血が滲んだところへ蝿《はえ》がた

涼水圏子：冷たい湧水の出る村という意味。

満州開拓青年義勇隊：満州での治安維持や食糧増産などを名目に全国から送られた十代の少年たちを中心とした組織。訓練所で約3年間農業などを学び、満州の各地で開拓団を作った。警備隊も編成しており、軍事的側面も持つ。一九三八年からの一年間で約三万人が渡満した。満蒙開拓青少年義勇隊。

かっていた。一晩もすると翌日には頭中に蛆《うじ》がわいて痛くなるので、もう一人の男の人が包帯を解いて頭一杯の蛆を落としてやっていた。傷につける薬一つなく、それが最大の治療法だった。鎌でめった切りされた人の切り傷は見ただけでぞっとするほどひどいものだった。

また、腹部に貫通銃創を受けた大久保先生は、出血で真っ赤に染まった褌《ふんどし》の紐《ひも》を見て、自分の腹から出て来た内臓の一部と見間違えてもう死ぬしかないと思ったという。しかし、翌朝襲撃された野原の露天で目が覚めてみると、一晩中の雨で血が洗い流されて白くなった紐を見て、自分の内臓は無事だと知り安心したといっていた。

無傷の義勇隊の男の人は小林さんといっていたが、あと一人強い近視の眼鏡をかけた若い女性の人も小林といっていた。

乳飲み児を連れたお母さんはよくその赤子を私に負わせて子守りをさせた。当時は食糧事情が悪かったせいか、赤子が毎日のように私の背中で下痢をするので、私もほとほと困ったという苦い思い出がある。やせ細ったあの子が、その後生き永らえたかとても心配している。

日本人居留民が避難の途中、賊や現地の人に襲撃される事件が至るところで起きていた。つい一週間ほど前まで、私たち一家は富錦《ふきん》の街で両親や姉たちに囲まれて、貧しいながらも、平穏な生活を送っていた。八月九日と十日、二度にわたるソ連軍飛行機の射爆撃からもなんとか無事に逃れ、八月十一日早朝から地下陣地で丸一昼夜ソ連軍の猛烈な砲爆撃を受け、十二日払暁《ふつぎょう》、地獄のような地下陣地から辛くも脱出できた。それから数日間の逃避行中、毎日のように武装暴民に襲われながらも、宝清《ほうせい》県の七星河の河畔に至るまでの約一〇〇キロメートルまでは、私たち一家は誰一人のけが人も出すことなく逃げてくることができた。最後の七星河河畔で、不幸にも貞子姉が大腿に流れ弾を受けて重症を負い、私たちが一番頼りにしていた両親も、そのほか大勢の避難民とともに一度に失う。このことが小学四年生と六年生の子にとってどれほど衝撃だったたか。そして、大の大人ですら口にする食料一つない中で、人様の子供を預かり、逃避行を続けなければならない八重子姉のことがいつまでも心のなかにくすぶりつづけていた。

ずっとあとになって、宝清の製粉工場へ移ってからも貞子姉の行方が気になっていた。そこで私が思いついたことは、製粉工場へ運ばれて来る小麦が、ほとんど宝清全県から集まってくることだった。私は毎日小麦を運んでくる馬車《ばしゃ》引《ひ》きたちと会うたびに、どの地方から来たかを一人残さず聞いて回った。一九四五年の冬、ようやく七星泡鎮《しちせいほうちん》（七星河近くの村）から来た人をつきと

払暁：明け方のこと。あかつき。

めた。それは若い男の人だった。七星河河畔での撃ちあいがあった翌日、河畔の状況を見に行ったとのことだった。そのとき、彼は太腿部に重傷を負った女性を見つけて、「『俺の嫁になるなら傷の治療をしてあげる』といったが拒否されたので、川の中へ突き落とした」と話してくれた。私にはとても悲しい話だったが、それ以上如何《いかん》ともしがたく、ただ貞子姉の最後を確認できたことだけを心へ刻《きざ》んだのだった。また、村上義兄も現地召集を受けたのち、富錦《ふきん》郊外の戦闘で戦死したことも人伝手《つて》の手紙で知ることとなる。

一家の幸せと平穏を求めて地を這《は》うようにして、世界を駆け巡ってきた両親も貞子姉もむなしく命を落とし、八重子姉は行方不明となる。私たちあとに残った兄弟二人は幼くして天涯孤独《てんがいこどく》の身になる。

父は五十六歳、お袋は五十二歳、一九二三（大正十二）年生まれの貞子姉はまだ弱冠二十二歳だった。前にも触れたように、貞子姉はブラジルでイタリア人教師の家から養女に欲しいといわれていたが、そのときお袋が思い切って養女に出していたら、姉の運命もまた変わっていたのではないか。たとえ世界のどこかで生きてさえいれば、また会うこともできたのではと思えば悔やまれてならない。行方不明の八重子姉は一九二五年生まれのまだ十九歳だった。青春真っただ中にいながら、青春の何たるかも知らずに空しく行方不明になる。戦争が引き起こした苛酷《かこく》な仕打ちで、多くの人が一生を台無しにする理不尽さを心から恨《うら》む。甥の清二も生まれて一歳になったばかりの幼子までも親の乳も満足に口にすることなく、満一歳を迎えたばかりで餓死してしまう。それだけを思っても、目の前が真っ暗になり、私の気持ちは絶望のどん底に陥るのだった。

当時生き残った日本人家族は皆それぞれ、大なり小なり同じような身よりの人たちばかりだった。これこそが日本帝国が〝神州不滅〞と豪語してはじめた〝聖戦〞の結末だったのだ。私たちと同じく北満の奥地へ放棄された開拓団の人たちも、成人男性は根こそぎ軍へ召集され、あとに残された老人と女子供たちの境遇も私たち以上の悲惨さだったと思う。

よく考えると、戦後残された私たちが蒙《こうむ》った災難のすべては、結局、かつて日本帝国が他国をほしいままに侵略し、略奪してきたことへのすべてに対するしっぺ返しを理不尽《りふじん》にも生き残った日本人避難民が一身に受けなければならなかったのである。

神州不滅：神州とは神の国の意で、日本国の美称。日本国が永遠不滅に存続するという意。

宝清の収容所へ

その村にも数日しかおらず、いよいよ宝清《ほうせい》県の日本人難民収容所へ連れて行かれた。移動は二、三台の荷馬車《にばしゃ》だった。私たちについてきた若い賊の男たちは、馬車の上から道路沿いの電柱の碍子《がいし》を標的に銃を乱射して暇つぶしをしていた。

宝清の収容所は、元々大きな馬車引きたちの宿だった。宿の土塀の囲いの中に入ると真正面に広い庭があり、その一番奥の建物が炊事場だった。

また、庭の中心を縦につらぬくように長さ一五メートルほどの左右二列の飼葉桶《かいばおけ》があり、その両側に多くの馬や牛がつながれていた。それらは皆近郊の開拓団から逃げ出した飼い主のない家畜だといわれていた。もちろんそこには井戸もあった。私たちは毎朝その井戸の冷たい水で顔を洗った。北満は九月に入ると水は氷のように冷たかった。

百人ほどいた収容者の賄《まかな》いは、すべて男子青年義勇隊の人たちの仕事だった。時々闖入《ちんにゅう》して来る不埒《ふらち》なソ連兵がいるので、危ないためだ。元々食材も粗末なうえに男の料理なので、食事はとてもまずかった。

碍子：電柱や鉄塔などの支持物を絶縁するために取り付ける器具。陶磁器製・合成樹脂製のものが多い。

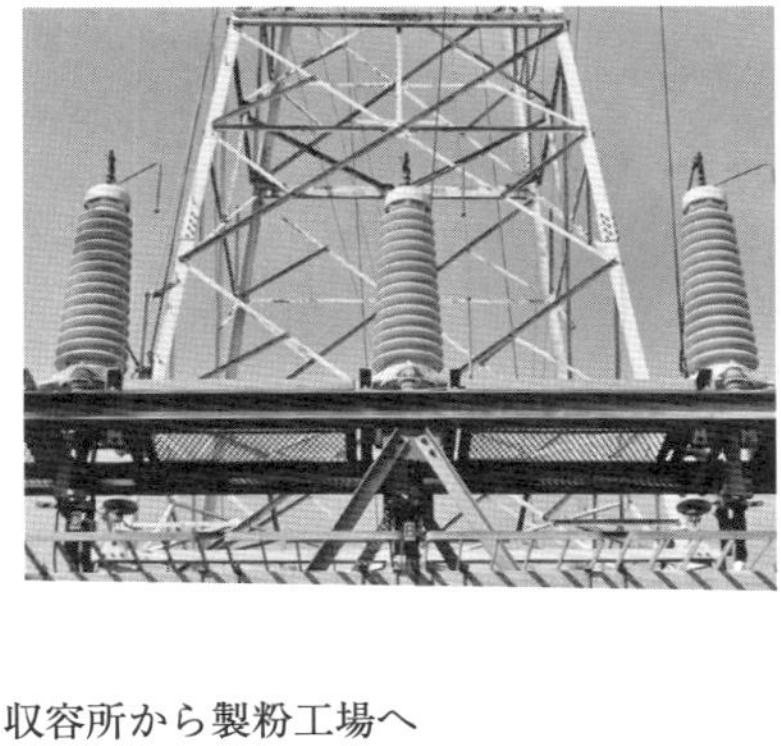

収容所は門を入ってすぐ右側が一軒の長屋で、避難民は皆そこへ入れられていた。

私たちがそこへ着くと、ソ連軍の兵士が来て私たち全員の身体検査をはじめた。私たちは別に何も私物などはなかったが、文夫は一体どこで拾ったのか、服のポケットの中から拳銃や小銃の空の薬莢《やっきょう》がいくつも出てきた。それは文夫のたった一つの遊び道具だった。その薬莢を口に当てて吹くと笛のような音がするのだ。それを見つけたソ連の兵士は、あきれながら一つずつ取り上げて、無造作にそこらへ投げ捨てた。そして、最後に成田山のお守り札が出てきた。ロシア兵は恐らくそんなものはじめて目にしたのか、不思議そうな顔をして成田山の木の札をピッと二つに割ると、それも捨ててしまった。子供にしてみればお守りの神様を無造作に捨てられたので、文夫はシクシク泣き出した。それを見たソ連兵士は何か自分が悪いことをしたと思ったのか、自分のポケットからロシアの一五カペイカのコインを探り出して文夫に握らせて機嫌をとる一幕もあった。中にはそんな優しい心を持った兵士もいたのだった。

いよいよ今日からは百人近くの人たちと一緒に暮らすことになった。その頃、私はどこで見つけたのか一枚のムシロを持っていた。シンシンと冷える

カペイカ：ソ連およびロシアの通貨単位。一ルーブルの百分の一。

ムシロ（筵）：ワラやイグサなどの草で編んだ簡素な敷物。

夜に冷たいオンドルの上に皆マグロのようにごろ寝するとき、そのムシロを布団代わりに上からかけると、とてもあたたかく感じた。皆布団なしで寝ているので、寒さのためすぐ横に寝ている人がそのムシロの端を少しずつ自分の方へ引っ張り、深夜に寒さで目が覚めて周囲をよく見ると、その一枚のムシロはあらぬ先の方へ行ってしまっていた。翌朝目が覚めると、早速行って取り返して来るのだが、それが毎日繰り返されたのだった。

その頃からソ連軍の撤退がはじまったようで、私たちの収容所の前の道を大部隊がトラックや戦車で通過して行った。その連中が目ざとく収容所の庭の牛馬を見つけて、よく肥えていそうなウシを庭の片隅へ連れだし、ウシの眉間《みけん》を銃撃し、その場で捌《さば》いて、肉を持ちかえるのだった。

ときには、夜半に突然闖入《ちんにゅう》して来るソ連軍将校もいた。皆が寝静まっている部屋の中で拳銃を上へ向け一発ぶっ放し、「マダムダワイ!」(おんなを出せ!)とわめくのだった。しかし、中には従兵にスイカを両脇に抱えさせ、収容所の土間に一つしかないテーブルの前に子供たちを小さな順に並ばせて、テーブルの上で切ったスイカを配ってくれる将校もいた。私は背が高い方だったのでいつも最後の方になり、私の少し手前で品切れになるのだった。毎日まずいコウリャン飯の三度の食事のほかに何もない頃の話なので、そのこ

■日本人難民収容所見取図

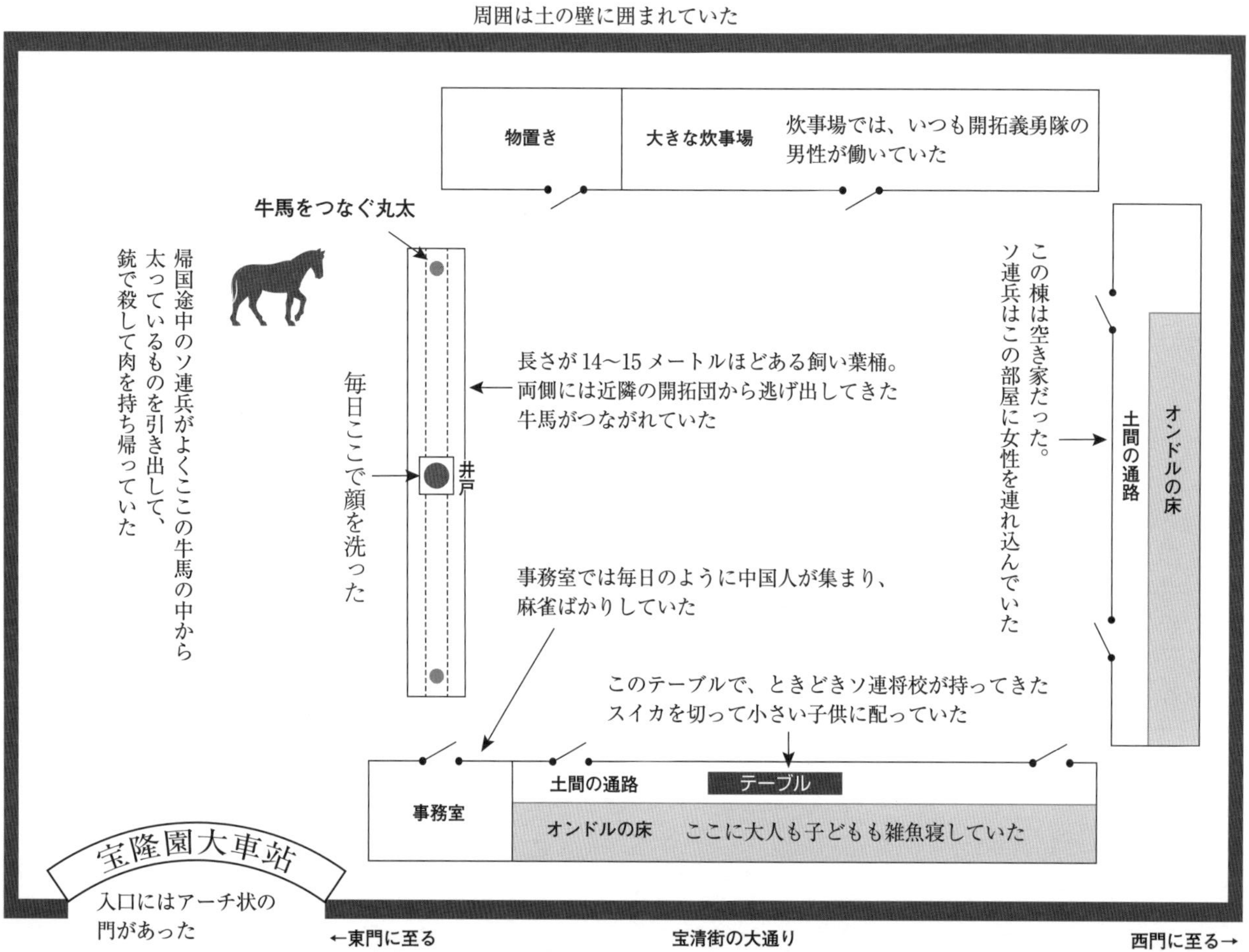

周囲は土の壁に囲まれていた
物置き
大きな炊事場
炊事場では、いつも開拓義勇隊の男性が働いていた
牛馬をつなぐ丸太
帰国途中のソ連兵がよくここの牛馬の中から太っているものを引き出して、銃で殺して肉を持ち帰っていた
毎日ここで顔を洗った
井戸
長さが14～15メートルほどある飼い葉桶。両側には近隣の開拓団から逃げ出してきた牛馬がつながれていた
この棟は空き家だった。ソ連兵はこの部屋に女性を連れ込んでいた
土間の通路
オンドルの床
事務室では毎日のように中国人が集まり、麻雀ばかりしていた
このテーブルで、ときどきソ連将校が持ってきたスイカを切って小さい子供に配っていた
事務室
土間の通路
テーブル
オンドルの床
ここに大人も子どもも雑魚寝していた
宝隆園大車站
入口にはアーチ状の門があった
←東門に至る
宝清街の大通り
西門に至る→

とがとても悲しかった。

極寒を前に収容所解散

九月も下旬になると、北国宝清《ほうせい》の寒さは一層厳しくなってきた。そんなある日、突然現地の県公所から「皆さんは全員ここを出て、自分の好きなことをしなさい。商売でも百姓でも何でもいいから」と触れが出た。県の方でも厳しい冬を目前に、到底このままでは生きていけないと判断したのではないかと思われる。

触れが出たその日、宝清街の大きな製粉会社から一人の番頭さんが来て「会社でも子供二人くらいは何とかなるので、だれか来たい人はいないか」といってきた。そのとき、田舎の涼水圏子《りようすいけんし》からずっと一緒だった義勇隊の小林さんがいくらか中国語ができたので、その話を私のところへ持ってきて「君たち兄弟二人で行かないか」といってきた。私は二つ返事で「行きます」と答えた。しかし、すぐ小林さんが戻って来て「兄弟二人よりも他人と行った方がいいだろう」といって、あとの一人は開拓団の私と同年の佐藤君という男子と行くことになった。

行った先は「宝大火磨《ほうだいかま》」（宝大製粉工場）というところだった。門を入ると真正面に四階建ての工場の建屋があり、製粉する小麦はコンベアーでまず四階まで上げられ、階を下るごとに荒引き、小引きと製粉される。地上に降りる頃には完全な小麦粉になっており、その場で袋詰めされ、定めた重量になると自動的にミシンで袋の口が閉じられるという、当時では珍しい先進的な工場だった。

その動力は蒸気機関車のスチームエンジンを二、三倍大きくしたような蒸気機関だった。その蒸気機関のフライホイールは大人の背丈の倍ほどの大きさがあった。その動力で四階建て工場内のすべての機械を駆動していた。そこで働く人たちだけで三、四十人ほどいたようだ。

そこの主である施継賢《せけいけん》先生は山東省の人で、二つの大学を出たという文化人でもあった。また、ロシアの大学を出たのか、ロシア語がとても堪能《たんのう》だった。彼には一つエピソードがある。

それは日本敗戦のときの話だ。その頃、宝清《ほうせい》城内には逃げ遅れたたくさんの日本人開拓団の人たちがいた。そこへ宝清の東門の方からソ連軍が迫ってきた。それを見た開拓団の主だった人たちは、日本軍が来たと勘違いをして、

フライホイール：回転のムラを無くし、速さを一定にするため回転軸に取り付ける大きく重い車。はずみ車。勢車。

先生：中国語で「～さん」「～様」の意

城内にいた開拓団の男子のほとんどが日の丸の旗を持って「万歳」と叫びながら走って出迎えに行った。ソ連軍は近づいてくる日本人の一団を見て日本軍だと思い、全員をその場で射殺してしまった。その後、彼らは城内にはまだたくさんの日本軍がいるものと推測し、ただちに砲列《ほうれつ》を敷《し》いた。それを城内から見ていた当時の中国人宝清県長がこのまま放置しておけば大惨事になると判断し、すぐロシア語が堪能な施先生を呼び出し、宝清県数千人の命を救うためにソ連軍司令官を説得してほしいと、彼にソ連軍との交渉役を頼み込んだそうだ。その直前に大勢の日本人が全員射殺されているのを知っていた施先生にしてみれば、それは本当に命がけの大仕事だった。

施先生は二、三人の付き人を従えて白旗を掲げソ連軍陣地へ行き、無事相手の司令官を説得したという。施先生は宝清の人たちにとっても、まさに命の恩人だったのだ。

また、彼は日本敗戦前から付近の開拓団とは仲がよかったようで、団が避難するときにたくさんの品物を彼に残して行ったとのことだった。私たちが工場へ着くとすぐ、団が残していった下着や綿入りの服、冬用の外套《がいとう》、靴をくれた。ただ一つ困ったことは、しんしんと冷えてくる初冬なのに、私たちがあてがわれた部屋の床は木張りで、薄い敷き布団一枚ではとても寒かった。

朝、目が覚めると私たち二人とも寒さのために失禁《しっきん》していたのだ。お互い顔を見あわせたが、せっかくお世話になりながら最初からそのようなことはいい出せず、その夜はその布団を裏返しにして寝たことを思い出す。

工場主の施先生はソ連軍入城時からのいきさつがあるので、ソ連軍司令官とは仲良くなっていたようで、毎夜工場の施先生のところに来て夕食をともにしていた。その司令官はいつも女性副官を伴《ともな》って来ていた。私が日本人の子供だと知った彼女は、どこで拾ったのか知らないが、懐中時計の鎖《くさり》や小間物を私に持って来てくれたことがある。

製粉会社の人たちは皆良い人たちで、一週間ほど経った頃、その当時目にすることもできなかった真っ白い食パン二、三枚を私に持たせて、「一度収容所へ行き弟と会ってこい」といわれたことがある。私は喜び勇《いさ》んで文夫に会いに行った。白いパンを手にした弟は有頂天《うちょうてん》になって喜んでくれた。それからほどなく、文夫もある民家に引き取られていった。

収容所解散後、文夫が最後に行き着いた家は宝清《ほうせい》街の中にある一軒の雑貨店だった。店主は于柏林《うはくりん》さん夫妻だった。子供は長男・于忠暁《うちゅうぎょう》（十七歳）と長女・于淑梅《うしゅくばい》（十三歳）二人だった。文夫が加わると弟が一人増えた感じだった。四十代の夫妻とも文夫をとても可愛がっていたようだ。私は夕方になると、よく文夫のところへ訪ねて行った。毎回、私が行く頃は夕食後の頃で、いつ行ってもそこのお母さんが寒さのため霜焼《しもや》けでひび割れした文夫の両手の甲を見かねて、お湯をはった洗面器の中であたためてやっていた。いつもきまって「この子は別に何も仕事はさせないのに可哀そう両手はこんなにひび割れができて……」といいながら、洗い終わると残り少ない日本製のメンソレータムを手の甲へ塗ってくれていた。上の二人の実子もよくできた子で、文夫を実の弟のようにいたわっていた。その家で文夫は、そこの夫人に実の母の姿を重ね合わせていたのではないだろうか。

夢のように敗戦後の一年は瞬く間に過ぎ去った。そこでの文夫は優しい夫妻の下で別に何一つ不安はなかったようだ。

私と一緒に製粉会社へ来た佐藤君は数日もしないうちに、収容所に残して来た母親が病《やまい》に倒れて小さな弟妹の面倒をみなければならなくなり、また元の収容所へ帰って行った。それきり彼はとうとう製粉工場には帰ってこなかった。のちに聞いた話では、お母さんと小さな弟妹は、可哀そうに収容所で伝染病に冒《おか》され、とうとう亡くなったとのことだ。まだ小学校六年の佐藤君は、その後、数名の弟妹の面倒をみるために収容所から離れられなくなったようだ。

一人残った私は、全部の仕事を任されることになった。最初の仕事は冬に備えての薪割《まきわ》りやタドンづくりだった。タドンは粉炭に少しの土を混ぜて水でこねたあと、小さなしゃもじ風のもので掬《すく》い、地面に落して乾燥させてつくる。その形や大きさは、ちょうど大きめの餃子のようだった。そして、乾燥した物からドンゴロスに入れて倉庫にしまうのだった。

敗戦直後の宝清《ほうせい》街には電気もなく、人々はランプ生活だった。当時の私にとって一番大きな仕事は毎晩工場で使うランプの手入れだった。工場の夜勤の職工たちは毎朝退勤のときに、前夜一晩使ってホヤがススで真っ黒になったランプを二十個ほど私の所へ持ってくるのだった。私がそのランプの掃除に取りかかるのはいつも昼過ぎか夕方近くだった。

ちょうど夕陽が窓から差し込む頃になると、無性にのどかで平和な富錦《ふきん》の家での生活を思い出し、知らず知らずのうちに涙が出てくるのだった。文夫の前では絶対涙を見せないと頑張っている私も、毎日夕暮れどきになると、お袋が「忠雄～。夕ご飯だよ」と呼ぶ声が今にも聞こえてきそうで涙ぐむのだった。その涙をランプのススで真っ黒になった手で拭くものだから、いつの間にか顔はススで汚れてしまい、夕方夜勤の職工がランプを取りに来て私の顔を見るなり「お前また泣いたのか。お母さんを思い出したのだろう」と

ドンゴロス：麻袋。または麻などで織った丈夫な粗い布。ダンガリーが転じてドンゴロスになった。

ホヤ（火屋）：ランプやガス灯などで火をおおうガラス製の筒。

ランプを掃除する女性。ホヤの部分を拭いている（『満洲農業移民写真帳』国立国会図書館蔵）

いってよくからかわれたりした。

　寒い冬の日など、私が庭で一人薪割りをしていると、偶然工場主の施継賢《せけいけん》先生が通りかかり、彼は気さくに「小孩子、冷吧？　你帯這个帽子吧」（ちびちゃん、寒いだろうお前この帽子をかぶりなさい）といって、自分がかぶっている毛がふさふさした帽子を私の頭の上にかぶせた。それは現地の人でもお金持ちしかかぶらない、テンの毛皮でできた高級な帽子だった。そして私がかぶる薄い羊の毛皮の帽子を自分がかぶり、すたすたと事務所の方へ帰って行くのだった。

　彼がかぶっていたテンの毛皮の帽子は、若い者がかぶるとすぐにのぼせるといわれるほどとてもあたたかく、その長い毛が皮膚に触っただけでぽかぽかとしてくるのだった。

　そこの仕事と環境に慣れるまで、私はよく風邪や腹痛を起こした。そのたび施先生は、私を連れて街の漢方薬店へ行き、そこの漢方医の診断と薬剤の処方を受けさせてくれた。その薬を製粉工場へ持ち帰ると、大きな丸薬は飲みにくいだろうと、自ら小さくちぎってちょうど征露丸ほどの大きさにして私に飲ませるのだった。私にとっては本当に親代わりのようにありがたい人だった。

征露丸：胃腸薬のひとつ。日露戦争中に軍隊で使用されたことから、「征露丸」と書いた。現在は「正露丸」と表記する。

また、腹痛や下痢を起こすと、彼のアヘン吸引の専用キセルの先からアヘンの吸い殻を耳かき一杯ほど削り落して私に飲ませるのだった。それが不思議とよく効き、腹痛などはたちどころによくなるのだった。私は今度の敗戦で家も両親もすべてをなくしたが、いつも私の身辺には善良な人たちがいて本当にありがたかった。

製粉工場で働いていると、近所の子供たちともすぐ仲良しになった。最初、彼らは「今までいつも、もし日本が戦争に負けるようなことがあったら、お天道様も上がらなくなるといわれたが、今でもお天道様はあるじゃないか」とか「神風が吹くといわれたが、何も変わらないではないか」と冗談半分にいわれ、私ははじめて今までの教育に疑問を感じるようになり、空しくなった。そうした中国人の友人の中には「うちにもお前と同じ日本人の子がいるよ。明日連れて来るから会ってみな」といって、翌日小学一年ほどの男の子を連れて来た。私が「君、名前は何というの」と聞いても出てくる言葉は中国語だけで、彼を連れて来た中国人の子のもとへ中国語で「兄ちゃん！」といって駆けもどって行った。その子はかわいそうに敗戦からひと月ほどで日本語を話せなくなっていたようだ。現地の同年代の子が中学へ通う姿を見て、私は無性に学校へ行きたくてたまらなくなった。そして、しみじみ敗戦国民

アヘン（阿片）：モルヒネなどを含む代表的な麻薬の一種。未熟なケシの実からとれる乳液を乾燥させてつくる。

の哀れさを身にしみて感じるのだった。

その頃、開拓団が残していった荷物の中から拾ったのか、私の手元に旧制中学の世界地理の教科書が一冊あった。それは唯一の日本語の書籍だった。私は暇さえあればその本を何度も何度も繰り返し読んでいた。その中の一節に戦前の一九四〇年頃、北米シカゴ港には一日で二〇〇〇トンの小麦を積み下ろしできる風送設備があると書いてあった。日本ではその作業の大半を人力で行っていた時代の話だ。そのとき私は日本の後進性を思い知らされた。また私たち家族がかつて通ったパナマ運河のことも詳しく載《の》っていた。

工場事務所の裏には小さな物置があった。私と歳があまり離れていない見習いの番頭がいて、彼と一緒に小さな物置へ行くのが最大の楽しみだった。そこへ行くと、開拓団が残していった配給用のビスケットや一斗缶に入った蜂蜜などがあり、倉庫へ行くたび彼と一緒に蜂蜜をなめたりビスケットをくすねたりしたものだ。

やがて一九四六年の旧正月を迎える。その頃、帰国していくソ連軍部隊のほとんどが工場へ立ち寄っていた。ソ連軍発行の軍票で小麦粉を買ってトラックに満載して行くので、会社の帳場へ置いてあった長持ちは大量の軍票で蓋《ふた》が閉まらないほどだった。

風送設備：風力で粉類などを積み下ろすダクトの設備

その年の満州の正月は、日本の植民地支配のくびきから解放された最初の正月なので、どの家もことのほか盛大に見えた。工場は大家族みたいなものなので、大晦日《おおみそか》の一週間ほど前から、外部の人を雇っての餃子づくりに余念がなかった。できあがった餃子はカマスに入れて物置に積み上げて凍らせ、正月期間の食糧にするのだった。

宝清《ほうせい》は元々糧まつ（主食のコメや小麦など）の一大生産地だったので、多くの商人が一〇〇キロメートルほど離れた東安市《とうあん》（現・密山市《みつざん》）に運んで売り払い、その利ざやを稼いでいた。しかし、当時宝清は賊の頭目・喩殿昌《ゆでんしょう》がすべての城門を押さえていて、宝清街からの出入りも厳しく取り締まっていた。東安市は当時すでに解放区になっており、そこから帰ってくる人たちは商売帰りなので小金を持っていたと思われる。喩殿昌らは何かにつけて難癖《なんくせ》をつけ、共産党のスパイにでっちあげて自分勝手に銃殺を繰り返していた。製粉会社の中にも賊に迎合するかのような人間がいて、私を指さして「こいつらは亡国の輩《やから》であるばかりか親なし、家なしだから、適当に連れだして射撃の的にしたって誰も文句をいう者はいないぜ」とうそぶく者もいた。

ソ連軍の引き上げも終りの頃、宝清を牛耳《ぎゅうじ》っていた賊の一派は、子分二千人近くを持つ勢力にのし上がっていた。前にも書いたが、その頭目・喩殿昌

カマス（叺）：ワラで編んだ筵を二つ折りにして両端を縫ってつくった袋。

（筑後市教育委員会提供）

利ざや：売値と買値の差額によって生じる利益。

共産党：中国共産党。一九二一年に上海で創立。西安事件後、国民党と協力し（第二次国共合作）抗日民族統一戦線を結成。毛沢東の新民主主義論を採択して思想統一と党勢拡大に努め、八路軍、新四軍として抗日戦を

は、旧満州国時代の七星泡地区森林警察隊隊長だった。

日本敗戦後の宝清は全くの無政府状態だった。国民党も共産党も勢力がおよんでいない地方だったので、地下では両方の情報戦がくり広げられていたようだ。当然、頭目のところにも国民党の特務たちがきて「国民党軍が来るまでここを掌握していれば、あなたがたを国民党中央軍の師長に任命する」などと空手形を切っていたようだ。だから彼はますます居丈高《いたけだか》になり、自分が気に食わない者は次々に粛清《しゅくせい》していった。

喩殿昌がある日、国へ引き揚げるソ連軍を道中で待ち伏せして襲撃するという事件があった。その襲撃の目的は、ソ連軍の新鋭武器の大砲だったようだ。しかし相手は正規軍。勝つはずもなく、賊の親玉・喩はソ連軍に捕らえられた。万事休した彼は製粉会社の施先生がロシア通であること知っていたので、嫁と子を製粉会社に日参させ、施先生を通じて助命嘆願を願いに来ていた。私にして見れば両親を殺害した憎い相手なので、早くソ連軍が銃殺すればいいのにと思っていた。しかし、施先生を通じての運動が効を奏したのか、喩は数カ月後に釈放されたのだった。

一九四六年六月のある日、東安方面から宝清解放のため進軍してきた解放軍を龍頭橋《りゅうとうきょう》で待ち伏せし、賊軍との間の戦で解放軍の団長までが戦死すると

戦った。第二次大戦後、国民党との内戦に勝ち、一九四九年、中華人民共和国を樹立した。

国民党：中国国民党の略。一九一九年、孫文が中華革命党を改組改称して組織した政党。三民主義を綱領とした。孫文没後は蔣介石が台頭し、北伐を遂行。反共産党に転じて南京に国民政府を樹立した。第二次大戦後、中国共産党との内戦に敗れ、台湾に逃れた。

特務：国民政府統治の中国で、国民党およびその政府の秘密工作員、密偵に対する呼称。

解放軍：中国人民解放軍。中国共産党の指導下にある軍隊。一九二七年、中国労農紅軍（紅軍）として創設。八路軍、新四軍と改称し、国共内戦中の一九四七年から現名称になった。

いう大激戦があった。龍頭橋《りゅうとうきょう》とは、完達山《かんだつさん》の麓にあり、東安《とうあん》—清宝《せいほう》を結ぶ要衝だった。最後に賊軍は撃ち破られ、喩殿昌《ゆでんしょう》ら頭目二人は山中深く逃亡。七月二日、ようやく解放軍が宝清《ほうせい》城へ入城した。

当時、民間で流行っていた囃子《はやし》詞《ことば》にこんなものがある「恨八路、罵八路、八路走了想八路」（八路を恨《うら》み、八路を罵《ののし》るが、八路が去ると懐《なつ》かしく思い出す）とか「想中央、盼中央、中央来了遭了殃」（中央軍を慕い、中央軍を待ち望んだが、国民党中央軍が来て災難にあう）というほど民心は揺れ動いていたようだ。

解放軍が入城すると、今までの賊軍のように「住居を何軒明け渡せ」などは全くいわずに皆軒先に野宿したので、今度は一般市民が逆に驚いた。文夫がお世話になっていた店でも、陳列棚には多くの商品を並べていたが、解放軍兵士が数日泊まったあとにそこの主が部屋を点検したところ、商品には指一本触れていなかったと感心していた。

製粉会社は部屋数も多かったので、解放軍兵士には室内に住んでもらった。私はまだ子供だったので、彼らが餃子や肉まんなどをつくったときには「你也来吃吧」（お前も来て食べなよ）と、いつもごちそうになっていた。

宝清は農産物の一大産地だったので、解放後、軍はすぐにトラック仕立てで東安から食糧の購入に来るようになった。その年の中秋節《ちゅうしゅうせつ》の前頃に東安から戦車隊の人がトラックで買い出しに来た。

そのときの運転手が藤田さんという日本人だった。私たちは、会うとすぐにお互いが日本人であることがわかった。そのとき、藤田さんは私の身の上話を聞くと「君、このままここにいると中国人になってしまうよ。私が隊へ帰ったらすぐに向こうの工場長へ話しておくから、次に来たとき一緒に東安へ行こう」といってくれた。そのとき「私には二歳年下の弟がいます」というと、藤田さんは「二人とも一緒に来なさい」といわれた。その話を聞いた私は、本当に天にものぼるほどうれしかった。その夜、すぐに私は文夫がお世話になっている于柏林《うはくりん》さんの雑貨店へ行き、今日の話を文夫に伝えた。もちろん彼も大喜びして早くその日が来るのを願っていた。

その頃、宝清でも農地改革がはじまった。純粋の民族資本家である施先生とは何の関係もないことなのに、なぜか彼まで引っ張り出されて人民裁判にかけられたのだ。私は一度だけその現場を見に行ったことがある。そのとき、施先生は急ごしらえの壇上で堂々と自分がこれまでして来たことを吐露《とろ》していた。すると近郊近在の農民たちは有ること無いこと、農民の小麦を無法に安く買いたたいたとか、小麦の等級を落とされたとか、いいたい放題のこと

中秋節：陰暦八月十五日に名月を賞する中国の習俗。

農地改革：地主制度を廃止して、生活を維持するのに必要な分だけの財産の所有を認め、大地主や富農が所有していた家畜や農具などの財産を没収し、下層農民に分配すること。

民族資本家：植民地支配国の資本に対して、地元の経済活動によって富を蓄積し、植民地国の中から生まれた資本家のこと。植民地支配がはじまる以前から事業を行っていることが多い。

人民裁判：社会主義国家などで、人民の中から選ばれた代表が行う裁判。または、多数者が少数者を私的に断罪すること。つるしあげ。

をまくしたてていた。私の恩人である施先生が一時囚《とら》われの身になったあとは、製粉会社も人民政府の管理下になったようだ。私の心は早くも東安戦車隊の方へ飛んでしまっていた。

その年の夏、宝清《ほうせい》解放に向かった解放軍に打ち負かされ、山へ逃げていた賊の頭目二人が冬になり、民家へ食糧を探しに来たところを取り押さえらた。とうとう捕まった二人は宝清街まで連行され、城内で斬首《ざんしゅ》の刑に処された。解放軍の幹部は賊の頭目二人の顔を知らないので、二つの首は首実検のために宝清街の目抜き通りの電信柱へぶらさげられて晒《さら》しものになった。

そのとき、解放軍は私たちに代わって両親や姉たちの仇《かたき》を討ってくれた！と喜んだ。それからは解放軍の人たちが皆兄のように思えてならなかった。だから、のちに藤田さんについて解放軍戦車隊へ行くことが、とてもうれしかった。

斬首された賊・喩殿昌《ゆでんしょう》ら二人の首は、私が宝清を離れる頃もまだ町の大通りの四つ角の電柱の上に晒《さら》されていた。のちに私が宝清から来た人に聞いた話では「冬の間はカチカチに凍っていたが、春先氷が溶けだす頃になり、電信柱の上から赤い血がポタポタとしたたり落ちるようになったので、ようやく地上に降ろし、処分した」とのことだった。

明けても暮れても暇さえあれば私は文夫と東安《とうあん》行きの話ばかりしていた。その当時、宝清に残っていたすべての日本人はここから鉄道が通る一番近い街、東安市へ出ることが唯一の夢だったのだ。なぜなら、東安へ出れば鉄道が通っている。鉄道が通っていれば、その先は海につながり、そしてその先には日本があるから。

間もなく、その年の暮れがやってきた。年末には来るといっていた藤田さんが現れるのを今か今かと毎日楽しみに待っていた。そしてとうとう年末の二十九日になっても姿を見せないので、もう諦《あきら》めるほかないと思っていたら、その日の午後、藤田さんが来たのだった。

宝清よ、さようなら

彼の姿を見て、今まで落ち込んでいた心が一変して有頂天《うちょうてん》になり、さっそく文夫がいる店へ知らせに走った。そして于さんに明日東安市へ行くことになったと伝えたのだった。

元々裸一貫なので、荷づくりに手間はかからなかった。藤田さんから明日早朝宝清を発つので、遅れないようにといわれる。夜明けが遅い冬の朝まだ暗いうちに製粉会社に別れを告げ、文夫が住む于先生のお宅へ立ち寄る。年末の頃ともなると、外気温はマイナス二〇～三〇度に下がる。とても寒い朝だった。私たちが着くと于さんはじめ一家の皆が門の外で待っていた。文夫には寝具一式を持たせて「何もこんな寒いときに行かなくてもいいのに」といいながら「この子は身体が弱いので運転席の方へ乗せてくれ」と口添えしたが、運転席にはすでに先客がいたので荷台の荷物の上に這《は》いあがり、私の横に来た。

東安《とうあん》市へ向かう途中、完達山《かんだつさん》を越える山道は雪がアイスバーンになっていて、車はのろのろとしか走れなかった。ちょうど半分ほど走ったところで、藤田さんが運転する車がエンジントラブルを起こして止まってしまった。厳冬の山中、零下三〇度にも達する状況で車がエンストすると、十分か最大でも十五分のうちに再始動しなければ、エンジンが冷えてオイルが固まり、再始動が不可能になる。その車は復旧の見込みもなく、山道で一泊することになり、私たちは一緒に来ていたもう一台のガソリン車に乗り換えて、一足先に東安市へ向かう。丸一日車に揺られ、夕暮れどきにようやく東安市にたどりつく。東安駅の近くの踏切を渡るとき、一瞬駅構内の明かりや信号機の赤や青の灯が見えた。一年ぶりに見る電灯の明かりに懐《なつ》かしさのあまり涙が滲《にじ》んできた。早朝、宝清《ほうせい》を発って東安市の工場へ着いた頃はもう夜だった。工場へ着くと、工場長やその他大勢の人が待ち構えていた。

早速、宝清まで買い出しに来ていた事務長の人が私たちを工場長に紹介してくれた。そのときの工場長が王志毅《おうしき》先生だった。私が彼と最初に出会った瞬間だった。当時私は十三歳で王工場長は私より十二歳上の二十五歳だった。私たちはともに酉年生まれということで、とても可愛がってもらった。

二〇一六（平成二十八）年二月、九十六歳になる彼は、老衰のため北京のある大病院へ入院、加療中である。東京へ来ていた彼の娘さんから電話があり、「父は老衰で今入院中ですが、思考力が衰えて昨日のことも記憶にないのに、遠い昔のことは鮮明に覚えていて、ことあるたびに長谷川君はどうしているかといっています」と連絡があった。それは大変だと思い、同年三月一日、さっそくお見舞いに行った。彼は昨日の夕食の内容は忘れても、七十年も昔のことは今でもしっかり覚えていて、今では視力も衰え、耳もあまり聞こえない彼と病床で眠くなるまでの約三十分ほど昔話にふけったことを思い出す。

さて、東安に着いたその夜は十数名いる日本人の宿舎へ泊まったと思う。

戦車大隊修理工場の人たち。28人の日本人技術者が所属していた。
最前列、右から４番目が著者（1948年旧正月［春節］撮影）

あくる日は大晦日《おおみそか》なので、仕事は休みで朝から皆に町の銭湯へ連れて行ってもらった。私たち兄弟は敗戦以来今日まで、一年以上風呂に入れなかったので、本当に久しぶりの入浴だった。私は浴室へ入るとすぐ目を回し、倒れてしまった。

そのとき傍《そば》にいた日本人の下田さんが、急いで私を室外へ連れだしてくれた。外は雪が三〇センチほど積もっていたが、不思議と寒さは感じなかった。真っ裸で寒い外へ出たので、私の湯あたりもたちどころに覚めて急に便意をもよおし、道路わきの雪の中で排便するともう正常に戻り、寒くなってきたのでまた風呂場へ戻って行った。

車が故障したため昨夜は野宿した藤田さんも救援に出た車とともに工場へ帰り、皆と一緒に大晦日の夕食をとった。翌日は一九四七年の正月だった。今、手元に残っている一枚の工場全員の写真は一九四八年の旧正月頃に写したものと思う。

解放軍での日々

解放軍での生活

私自身、解放軍（当時の東北民主聯軍《とうほくみんしゅれんぐん》）は宝清《ほうせい》県進駐の頃から一般民衆に対してとても親切で優しい軍隊だという認識はあった。今、自分が軍に入隊して、はじめてその理由を知ることになる。

それは「三大規律と八項目の注意」の厳しい規律があるからだった。

三大規律とは

一、一切の行動は指揮に従う

二、民衆のものは針一本、糸ひとすじといえども取ってはならない

三、一切の戦利品は私《わたくし》しない

ということであり、八項目の注意とは

東北民主聯軍：東北抗日聯軍。中国共産党の指導下で一九三六年に満州で組織された抗日遊撃軍。満州事変後、東北ではさまざまな抗日ゲリラが生まれたが、中国共産党が東北人民革命軍を軸に連合軍に組織。翌年には兵力四万～五万を数えた。戦後には東北民主聯軍と改称した。

一、話は穏やかに
二、売り買いは公平に
三、借りた物は返せ
四、壊した物は弁償せよ
五、人を殴《なぐ》ったり罵《ののし》ったりするな
六、畑の物は傷《いた》めるな
七、女性にいたずらするな
八、俘虜《ふりょ》を虐待《ぎゃくたい》するな

ということを各人が厳密に守っていた。

また、隊内には上下の序列はあるものの、隊長から一般兵士に至るまで、すべてが〇〇員と呼ばれていた。隊長は指導員、指揮員で兵士は戦闘員、炊事兵は炊事員という具合で、隊内では中国人、朝鮮族の人や、日本人のすべてが皆平等につきあっていた。

そのことは特に旧日本軍兵士上がりの人たちにとって、とても新鮮な驚きだったようだ。旧日本軍将校は一般兵士に対して、二言目には「おまえたちは一銭五厘の葉書一枚で何ぼでも補充できるのだ」といって、人間扱いしてもらえなかったという。

俘虜：捕虜のこと。

一銭五厘の葉書：一銭五厘は戦時中の葉書の値段で、召集令状のことをあらわしている。召集令状一枚、一銭五厘で補充のきく安い命だということを暗に示している。

しかし、ここでは本来ならば敗戦国の俘虜《ふりよ》同然の自分たちを教員として扱い尊敬される。兵隊上がりの人たちはいたく感心して、各人の積極性をより一層発揮することになったようだ。また当時、工場長（中隊長クラス）以上の幹部へは一般兵士と異なる一級上の食費が支給されていたのだが、彼等はその費用さえも一般兵士の食費に入れ、皆と同じ粗末な食事をとり、我慢していたことも皆を感動させた。

王志毅《おうしき》工場長は山東省出身の人だった。彼は、私が大勢の日本人と一緒の部屋で生活すると教育上よくないからといって、私の寝室を工場事務室の方へ移した。それから約一年間は工場事務室の通信員だった。私があてがわれた事務室横の小さな部屋には寝台が置かれており、その横の外へ向いた窓ガラスは割れたままになっていて、一時しのぎに段ボールで塞《ふさ》がれていた。

厳冬のある深夜、私が寝ている間にその紙が北風に吹き飛ばされてしまい、大量の雪が布団の上に吹き積もっていたが、その寝床の中は普段よりとてもあたたかく快適だった。布団の上の大量の雪が重しになっていたからだった。

文夫の行先は前もって内部で話しあっていたのか、大隊本部直属の物資供給処の于処長のところへ行くことになった。

その頃の解放軍のスローガンは「従無到有、従小到大」（無から有を生み、小さな物を大きく育てよう）、「星星之火可以燎原」（星屑《ほしくず》の火を以て燎原《りょうげん》を焼きつくすことができる）だった。当時私はどうして無から有を生むのか。小さな物をどうして大きく育てることができるのか。ちょっと理解に苦しんだ。しかし、事態は二、三年もせずに、まさしくその通りになったのだった。

最初の頃は、あちこちに戦後放置された戦車から部品を拾い集めて、数カ月かけてようやく一台の戦車を組み立てていた。工場の人たちが苦心惨憺《くしんさんたん》して組み立てた最初の九七式中型戦車は〝功臣号〟（功労者号）と命名され、長く保管されていた。一九四七、四八年頃、東北に残る大都市・長春、瀋陽などに対する毛沢東の戦略は、周囲の農村をもって都市を包囲して兵糧攻めにし、敵の戦力を殺《そ》ぐことだった。大都市のまわりには二重三重の関所を設け、人の出入りを厳重に管理した。そのため、都市内部では極端な食料不足に悩まされた。最初は空輸に頼っていたが、落下傘をつけて投下すると風向きにより城外に落ちて敵方の手に入るので、最後は何もつけずに投下するようになった。落下の衝撃でバラバラになった食料は、軍の憲兵と一般住民の奪いあいだったという。食料不足は深刻でそんなことで解決するような問題ではなく、肝心な守備軍の中から投降する部隊が続出し、最後は熟柿《じゅくし》が落ちるように十月には長春、十一月初旬には瀋陽が続けて解放軍の手に落ちた。

その頃、戦車隊全員を動員しても動かす人手が足りないほどのトラックや戦車を鹵獲《ろかく》したのだった。

工場にいた日本人は以前戦車兵か満鉄の技術者だった人が多く、中には会社の事務の人もいた。航空隊上がりの人もいたが、それは三、四名だった。敗戦後の日本人は皆最悪の環境の中で、何でもやらなければ生存できない時代だった。当時の日本人残留者の中には、次のような境遇の人もいた。

旧満鉄にいたという車の運転手は、夫人を失い学校へ上がる前の男の子を一人連れて仕事をしていた。あの寒い北満の野外で車が故障すると、空の灯油缶に炭火をおこし、幼い子供にその火の番と工具箱の番をさせ、自分は車の下にもぐりこみ、その子へ必要な工具、例えば「一〇ミリのスパナを取って」とか「プライヤーとハンマー」といえば、子供は工具のサイズや種別を間違いなく車の下にいる父親へ渡し、立派に仕事を手伝っていたのだった。

ちょっと目を離すとたちまちコソ泥に持ち去られる時代である。工具番の仕事だけでも大変なことだった。学校へも上がらない子供でも、一人前の仕事をしていたのだ。

ある日、工場長から「ちょっと供給処の処長が用があるといってきたので行ってくれ」と伝言があった。私は他の部署の長からどうして呼ばれるのだ

鹵獲：戦いで敵の武器・弾薬・資材をぶんどること。戦利品を得ること。

ろうかと思いながら駆けつけると、于処長はただ一言「お前の弟に色々悩まずに真面目に働くようにいってくれ」と私に話した。当初、私は何のことかわからなかったが、まわりの人たちに詳しく聞いたところ、どうも文夫が拳銃自殺を図ったとのことだった。その場で私はとても驚き悲しんだことを思い出す。私は工場で色々なことを勉強することができてとても充実していたが、きっと文夫は中国人の中で一人寂しかったのだろう。とても弟が不憫《ふびん》でたまらなかった。物資供給処のすぐ隣は衛生隊だったので数人の日本人看護婦もいたが、小学四、五年生の相手に会話するようなことはなかったようだ。その頃、文夫が再々日本語の勉強をしたいといってきていたので、中国東北地方にあった邦字新聞《ほうじしんぶん》社が発行する小学四年の教科書を取り寄せたりしたが、やはり日本人の仲間がいないのが一番辛かったようだ。本当に不憫だったが、私にできることはそれが精いっぱいだった。

心的外傷後ストレス障害（ＰＴＳＤ）というが、今にして思えば、文夫も小さくして母親を失ったことが大きな傷となり彼を絶望させてしまったのだと思えてならない。宝清《ほうせい》で一年お世話になった于さんのお宅には、疑似の母が身近におり、半分甘えてもいただろうが、今はそういかず悩んだことだと思う。何といってもやはり、お袋が恋しかったものと思える。悲しい思い

邦字新聞：海外で日本人コミュニティーに向けて発行された日本語の新聞。

出である。

私が工場へ来た当初は、王工場長の配慮で最初は工場事務所内の通信員の仕事をした。工場事務所へ来てからも、よく私は引っ張り出されて、簡単な通訳をさせられた。幸い私は戦後一年間中国の人たちの中で生活してきたので、一般生活用語はできたが、技術用語は全然わからなかった。私はこれではいけないと思い、一念発起して工場事務室にある日本語の内燃機関《ないねんきかん》系の本を片端から読みはじめた。単語がわからないと通訳もできないので、暇さえあれば勉強していた。実物を目の前に、日本人の技術者先輩の話を聞きながらの勉強だった。その勉強は全然苦にならず、むしろとても楽しいものだった。

今考えても、私はその頃が一番充実していたのではないかと思う。

その頃の部隊の呼称は戦車大隊だった。その大隊の副大隊長に高克さんがいた。彼はとても話好きで、普段暇なときはよく工場へ来ていた。ある日、彼が私の身の上話を聞いて、とても同情してくれた。そして「俺も自分が抗日部隊へ参加したばかりに、突然実家を襲った日本軍に両親兄弟全員を殺され、家も焼かれてしまった。中でも小さな弟は母親の手から一人の日本軍兵士が奪い取り、空中高く放りあげ落ちて来るのをもう一人の兵士が下から着

内燃機関：燃料をシリンダー内で燃焼させ、燃焼ガスをピストンやタービンなどに作用させて機械的エネルギーを得る装置。

剣した銃で待ち構えていて、その銃剣で刺し殺したのだ！」と涙を流しながらに話したことがある。

高副大隊長の話を聞いて、日本軍が戦時中に中国でいかに残虐《ざんぎゃく》な行為をしていたかを知り、愕然《がくぜん》となった。戦時中の学校では「正義の味方大日本帝国軍隊は、現地の人に優しく勇猛果敢《ゆうもうかかん》で向かうところ敵なし」と囃《はや》し立て、小さな子供まで騙《だま》していたことに、一人の日本人として全くやるせない気分になると同時に、日本軍により私以上に悲惨な目にあわされた中国の人たちに対して本当に申し訳ない気持ちになった。またあるとき、彼の右手の人差し指がないのを見て「高副大隊長右手の指はどうしたのですか？」と不謹慎にも聞いたことがある。そのとき彼は「ある日、日本軍との戦闘で、敵味方入り交じっての白兵戦になり、危うく一人の日本兵の銃剣で突き殺されそうになった。とっさに右手の拳銃でその銃剣を払いのけた瞬間、拳銃の引き金にかけていた人差し指を銃剣の刃で切り落とされた」といった。「だが俺は二丁拳銃を持っていたので、左手の拳銃で相手を倒したのだ。だから俺は指一本を命と交換したのだよ」といっていた。戦塵《せんじん》をくぐりぬけて来た高副大隊長はとても豪胆な人でもあった。

一九四五年、解放直後の東北地方の混迷期に、国民党・共産党両軍が瀋陽あたりで拉鋸《ラージュー》戦を行っている頃、高さんは国民党軍の将校が着ている米国製ウールの外套と米国製のサングラスを身につけ、国民党軍将校の軍帽をかぶり、国民党軍将校になりすまして二人の従兵を連れ、昼食の時間を狙って国民党軍戦車隊の兵営へつかつかと入って行った。誰も居ないのを見越《みこ》してのことだった。門前に立つ敵方の歩哨《ほしょう》もてっきり自軍の将校と思い、挙手の礼で迎えたという。ときは真冬だったので、営庭の中ほどにある戦車整備用の台の上にはエンジンをかけたままの日本製の中戦車一台が駐車してあった。案の定、誰もいなかったので、従兵の一人に戦車を操縦させて自分もその上に乗り、堂々と営門から出ていったという。戦車が営門を出た頃になって敵方もようやく異変に気付き、パラパラと数人の兵士が追いかけて来たが、時すでに遅く、一台の中型戦車は営門を出るなり加速して走り去った。高副大隊長は一発の銃弾も発射することなく戦車を手に入れたのだ。戦車一台を無傷でぶん捕った英雄談は、今でも中国の戦車関係者の間で語り草になっている。

その年の夏、土地改革が無事終了した農村地帯で参軍運動があり、大勢の青年たちが志願して軍に身を投じてきた。製粉工場があった宝清《ほうせい》県からも、

拉鋸戦：二人引きの鋸（のこぎり）で、お互いに引きあいながら丸太を切るように、一進一退で日ごとに両軍が戦闘の主導権を取りあうさまをいう中国語。「拉」は「引く」の意。

参軍運動：中国の農村で軍に参加を呼びかけた運動。

私たちの戦車隊工場へ十数名やってきた。その中の何人かとは今でも文通が続いている。私と変わらない年齢の人もいた。夜兵舎で寝ていると「お母さんさびしいよ」と泣く子もいて、翌朝になると皆から「あいつはまだ乳離れしてないようだな」とからかわれていた。

　私もその頃から彼らと同じ班で一緒に生活するようになり、夜は工場入口の門に交替で歩哨に立つことになった。その頃はまだ世情不安定な時期だったので、あちこちの歩哨が夜間に狙撃《そげき》されるという事件が発生していた。着剣すると己の身長より高い歩兵銃を持って立たされる歩哨が私は一番苦手で、たった一時間の歩哨でもとても心細かった。

　ある日、その同年輩の仲間たちと日本軍撤退時に東安《とうあん》駅の列車が爆発した事件現場跡を見に行ったことがある。現地の人は皆口をそろえて「機関車が汽笛を鳴らしガタンと動き出した途端、長い列車の中ほどの車両一個が突然爆発した」と話してくれた。

　帰国後ずいぶん経ってから満鉄始末記のような本を読んだことがある。その記載によると、当時東安駅構内に野積みされていた弾薬に何かの火が燃え移り、誘爆《ゆうばく》したかのような記述があったが、現地は列車のレールが二本揃《そろ》って空中高く電柱の高さまでめくれ上がっていた。それは間違いなく列車その

東安駅爆破事件：避難のため東安駅に集まった避難民をいっぱい乗せた四十数両編成の長い列車の中ほどに仕掛けられた爆薬が列車の始動とともに爆発し、大勢の日本人が一瞬のうちに爆殺された事件。日本軍が備蓄弾薬の鹵獲（ろかく）を防ぐため に処分した際に起きた事故と言われているが、詳細は不明。

ものが爆破された証拠ではないだろうか。現地人の話によると、女性の下半身が一キロメートル以上離れたところの畑まで飛ばされていたとのことだ。

その大惨事の中、母親がとっさに庇《かば》ったのか、乳飲み子が数人無傷で生還する。その子たちはのち、現地の人に手厚く養われて、大学まで卒業させてもらい、中国では父母官と呼ばれる密山県《みつざんけん》の党書記にまで上り詰めた人や密山市市長になった人もいたと、現地の人から聞かされた。また、そのご本人と数回あったこともある。

私はその年はずっと工場事務室で通信員として過ごした。敗戦後の街では色々な商売がはやっていた。その一つに断線した白熱電球を再使用できるようにつなぎなおすというものがあった。また、工場内のバッテリー再生現場でも、現場責任者である朝鮮族の金さんらは、作業の合間に自分用にこっそり組み立てた員数外のバッテリーを退勤前に工場の裏窓から外の草むらに隠して、夜になるのを待って街にいる仲間のところへ運び、売り捌《さば》くのだった。

戦車工場の日本人技術者の一人が、にぎやかな市場の中で腰に軍刀を下げた日本軍人を見かけたと評判になったことがある。あとでその人が東安航空学校の日本人・林隊長だとわかった。当時、後方基地としての東安《とうあん》には、大きな後方病院や大がかりな機械加工工場、航空学校や戦車隊などがあった。私たちの戦車隊は、現在の密山老航校展示館前からレール一本隔てたところにあった。

その頃、夕方になると牡丹江《ぼたんこう》から来る列車が野生動物を追い払うために鳴らすのか、教会の鐘のようなカーン、カーンという音を立てながら工場横を通過していた。それ聞くと、自分たちもいつあの汽車へ乗って南へ行けるのかと、無性に日本が恋しくなるのだった。

当時はすべてが自力更生《じりきこうせい》だったので、冬の厳寒期などには、夏に野菜づくりをしている人たちを数週間完達山《かんだつさん》の麓、今の興凱鎮《こうがいちん》あたりの森林へ派遣して木を伐採し、トラックで運び出してそれを売り、工場全員の生活費用の不足分を補っていた。たまには工場内で暇な部署の日本人も、数日間泊りがけで山へ入ることがあった。その当時は野生動物も多く、山へ行くとノロジカが群れをなしていたし、オオカミもたくさんいて、ときには夜に民家のブタ小屋を襲い、ブタの背中に飛び乗って己より大きなブタを自由自在に操って連れ出すのであった。春先に捕れたノロジカの皮は、雪の上に敷《し》いて寝ても水を通さないといわれ、珍重されていた。私も山へ行った下田さんから一枚土産《みやげ》にもらったことがある。木材伐採のため、山へ入った人たちが山で粗末

自力更生：自給自足のこと。本来は他人に頼らず自分の力によって立ち直ることをいう。現代中国のスローガンで、もともと抗日戦争を勝ちぬくために使われた。

なテントがけをして住んでいると、夜毎オオカミの群れの遠吠えで目を覚まし、それがだんだん近寄ってくるので、皆恐怖のあまり安眠できなかったそうだ。護衛の兵隊が外へ出て銃を数発撃つとしばらく静かになるが、また吠えだすので大変だったという。

宝清《ほうせい》から私を戦車隊へ誘ってくれた藤田さんは、毎月末支払われる僅《わず》かばかりの手当てをもらうと、決まったように私を小さな中華食堂へ連れて行き、普段は食べられない料理を食べさせてくれるのだった。藤田さんは技術者だったが、その一回の食事代で、その月の手当てのほとんどを使い果たしていたようだ。藤田さんは敗戦時に奥さんと一人の子供を亡くされており、特に私には優しくしてくれた。

一九四八年に入ると、私も戦車修理工場の現場へ出された。そして年配の日本人技術者から、やすりがけ作業やハンマーの使い方、工具の使い方などを教わることになった。日本軍が遺棄していった中型戦車でも一六トンほどあったので、その車体をジャッキアップするときなどは私の手に負えなかった。また極寒の冬になると、外気温はマイナス三〇度以下に冷え込むので、翌日車を始動させるために、その前夜からエンジンオイルパンの下とデフレ

エンジンオイルパン：エンジンの下にあるオイルが漏れないようにするための部品。

デフレンシャル：車の部品でエンジンの力をタイヤに伝える装置。差動装置。

ンシャルの下に、灯油缶を縦に切った器に真っ赤に熾《お》きた山盛りの木炭を置き、朝まで寝ずの番で火を絶やさないようにしてあたためなければならなかった。もちろん車の外側はすっぽりテントで囲い、外の冷気を遮断《しゃだん》して、オイルパン内の潤滑油《じゅんかつゆ》が沸《わ》く音が聞こえるまであたためる必要があった。何しろ、冬になるとエンジンオイルが固く凍るのだから、その加温作業を怠《おこた》り、エンジンを始動させると、各部のギヤが歯こぼれを起こすほどだった。その点、一九五〇年よりあとに配備されたソ連軍のT－34型中戦車（三二トン）などは寒冷地向けにできた車なので、水冷エンジン冷却用水の入口と出口にエンジン始動用の小型ボイラーを接続し、ボイラーで加熱した熱湯を一時間ほど循環するだけでよく、とても合理的にできていた。また、車載バッテリーなども室内保管が原則だった。

この年の春、よく晴れたある日の午前、私が用を足しに外へ出ると晴天だった空が急に暗くなってきた。私が何故だろうと空を見上げると、それは金環日食の一瞬だった。遠くで犬の遠吠えが聞こえてきた。犬も驚くほどの暗さになったようだった。

解放軍の反転攻勢

一九四八年、夏から解放軍が反転攻勢に出て、十月下旬には山海関《さんかいかん》から東北へ通じる鉄道要所の錦州地区を押さえ、国民党軍の退路を完全に断ち切る。十月十九日に、まず長春、十月二十九日には、瀋陽が解放された。後方の戦車隊修理工場もその進展を見越《みこ》したように早速移動の準備に取りかかる。動く動かないにかかわらず、モータープールに置いてあるすべての車を東安《とうあん》駅まで牽引《けんいん》し、何日もかけて貨車積み作業が行われた。貨車積み作業が終わると、いよいよ出発だ。私は久しぶりに乗る列車に興奮してなかなか寝付けなかった。奥地の宝清《ほうせい》県出身の青年たちには生まれてはじめての汽車旅行だった。

二日ほどかけて瀋陽駅に着いた。戦車隊の戦闘部隊は私たちより先に瀋陽に来ていた。私たちはまっすぐ瀋陽市鉄西区のつい最近まで国民党部隊が駐留していた地区のビルに落ち着いた。町のビルというビルの窓ガラスは皆破壊され、荒れ果てていた。そのビルの一角に住むことになる。夜、歩哨《ほしょう》に立つときなどガラスが割れたビルの窓を見上げると、黒々とした窓がとても不

山海関：万里の長城の東端に位置する関所。河北省秦皇島市山海関区に所在。華北と東北の境界である、河北・遼寧省境が渤海に会する位置にある。

山海関東門

気味に思われた。もし、ビルの中に敵の狙撃兵でも潜《ひそ》んでいたら、どこから撃たれても不思議ではないように思えた。

そのとき、先着の幹部から「瀋陽で鹵獲《ろかく》した自動車や戦車だけの運転でも、今いる戦車隊全員を動員しても人手が足りないほどの数量だ」と話してくれた。これこそまさに「星星之火可以燎原」〝星屑《ほしくず》のような火は燎原《りょうげん》を焼きつくす〟ことなのだと悟った。

その頃の俘虜《ふりょ》政策は「解放軍への入隊希望者は入隊を歓迎する。また帰郷したいものは帰郷旅費を支給する」とあった。戦車隊へも多くの国民党軍兵士が再編されてきた。青い国民党の軍服を着たその人たちは、栄養失調のため顔色からして青白くくすんで見えた。

瀋陽にいる間、私たちはよく瀋陽郊外にある旧植民地時代の南満州造兵《ぞうへい》廠《しょう》へ泊りがけで戦車の整備に行った。そこは元々大きな工場だったようだが、主な機械設備は皆ソ連軍に持ち去られ、まともなものは残っていなかった。工場建屋に入ると、以前あった天井走行クレーンの取り外しに失敗したのか、走行クレーンの片方の車輪は天井のレール上にあり、もう片方は地面へ落とされ、斜めになったまま放置されていた。また組み立て中の一〇〇式中戦車数両が未完成のまま作業台の上に放置されていた。そこにいる間は、毎日夜

造兵廠：旧日本陸海軍で、兵器、弾薬、車両、艦船などの購入、設計、製造、修理などを担当した機関および工場。

一〇〇式中戦車：九七式中戦車の砲塔を四七ミリに改修したもの。

になるとボイラー室へ行き、蒸気で風呂を沸《わ》かして入浴を楽しんだ。そういう風呂の設備も、敗戦前日本人がいたときの遺物と思われる。

戦車の整備が一段落した頃、急に南下の命令が出た。その日の早朝、戦車隊の隊長が炊事場に点検にきた。目の前の大釜に用意された白米のメシと、もう一方は豚肉の煮込みを見て、朝食をとる時間がなかった隊員たちが残していった食事を指さして「こんなに無駄にしてどうするのか」と言ったが、その後、これらの食事はすべて工場の職工たちにふるまわれたようだ。

それは確か十一月末か十二月のはじめではなかったかと思う。翌早朝、まだ暗いうちから朝食をとり、戦車を瀋陽駅へと移動させた。極寒の瀋陽の道路はどこもアイスバーンになっていた。戦車のキャタピラには元々すべり止めの鋲《びょう》を取り付けるようになっていたが、今ではその部品もなく、キャタピラ自体は皆丸坊主の状態だった。そういう車が道の中央がかまぼこ型に高くなった舗装道路へ上がると、たちまち右や左へと車が横滑りして鋳物《いもの》製の電柱にぶち当り、なぎ倒しながら行軍するのだった。

瀋陽駅で無事貨車積み作業を終わり、ふと貨車に積まれたトラックの荷台を見上げると、長い竹竿の先に鉄の棒でつくった鉤《かぎ》状のものを付け、兵士の私物である布団袋などをその鉤の先にひっかけて泥棒たちが盗んでいくではないか！　それも列車が発車する寸前のことなので追いかける訳にもいかず、みすみす見逃すほかはなかった。

列車進行中でも積荷の監視のため、交替で貨車の上のトラックの運転席に乗る歩哨《ほしょう》の仕事があった。瀋陽を出てどれほど走っただろうか、その歩哨の番が私にまわってきた。そのとき、列車がどのあたりを走っていたのかわからないが、かなりの幅の水なし川にさしかかった。

鉄橋はすでに爆破されたのか、列車は川底からたくさんの枕木を井桁《いげた》に積みあげた、応急架設された橋脚の上にレールを敷《し》いたところを渡りはじめた。重い列車が最低速で渡っても、ギイギイと不気味な音を立てながら右や左に揺れてとても怖かった。

車両一台と貨物の重量だけで一〇〇トン近くになる貨車が数十両その上にさしかかると、全体では数千トンに達すると思われる。それを支える河底から積み上げられた数百本の枕木にのしかかる数百トンの沈下量をよく計算したものだと感心せざるを得なかった。

その仮設の鉄橋の高さは電柱以上の高さはあったようだ。このような作業にも多くの日本人技術者が協力しただろうなと、そのとき私は思った。

山海関《さんかいかん》を越えてしばらく走り、唐山《とうざん》駅まであと少しというところで前方の鉄道が破壊されていて、そこで下車することになる。

そこから唐山《とうざん》駅まではすべて陸送（車での移動）になった。その距離はあまり長くはなかったが、動かない車などは連日連夜車で牽引《けんいん》しての移動だった。私も牽引車助手に配備された。毎日徹夜の仕事なので運転している者も運転中ついうとうとすることがあり、対向車の強烈なライトの明かりでハッとさせられ、急いで車を避けてほっとすることもあった。その頃になると当時ソ連製トラックのガスだとかジスといったブランドの車が使われだしていた。夜間、唐山への道中で、何台かのソ連製トラックが車同士の接触事故でバラバラになっているのを見たことがある。その頃のソ連製トラックは、主な部分を除くと運転席や荷台はすべて木製だったので、一度他車と接触するとバラバラになるのだった。

その頃、審陽で国民党軍から再編されてきた兵士が運転するトラックに同乗する仕事があった。河北の砂地の道路を走るとスリップがはげしく、いくらアクセルを踏んでも車は進まず、オーバーヒートを起こすばかりで、そのうちに前車輪のスプリングが折れてしまい、部品が来るまで待つことになる。最前線の村々には、落伍《らくご》した兵士たちの面倒をみる招待所という施設が随所にあった。そこへ行くと宿泊、食事は供給されるので助かった。


ガス（GAZ）：ロシアのニジニ・ノヴゴロドに本社をおく自動車メーカー。

ジス（ZIS）：ロシアの自動車メーカー。現在のジル（ZIL）社。

狭い村の道路を通過するのがまた大変だった。人混みの中、クラクションを鳴らしながら進んでいると、解放軍の傷病兵がうしろから来て「この野郎！　国民党軍捕虜のくせに大きな面するな！　貴様たちのせいで俺たちこんな体になったのだ！」と、何人もの傷病兵が松葉杖を振り上げながら国民党軍の軍服を着た運転手に殴《なぐ》りかかろうと追ってきた。車上の解放軍兵士が「昨日までは国民党軍兵士でも、今は同じ解放軍の同志ではないか！　これ以上我々に反抗する奴は容赦《ようしゃ》しないぞ！」といって追い払うのであった。

そうした傷痍軍人《しょういぐんじん》とのトラブルは、根拠地・東安市《とうあん》にいるときでもよく問題になっていた。試運転中の戦車が道路上で停車したときなど、付近の傷痍軍人が目ざとく見つけて、「この戦車も我々が身体を賭《と》してぶんどってきたものだ。おれにも中をちょっと見せてくれ」と、停止している戦車によじ登ってきたりするので、訓練中の中国人戦車兵も頭にきて「これは軍事機密だ！」といって、車の上から蹴落《けお》とすものだから、双方ともますます険悪になるのだった。戦場で身体を不具《ふぐ》にされた傷痍軍人たちの心境もわからないことはないが、とにかくよく面倒を起こしていた。

ようやく物資の移動が終わり、唐山駅で全貨物の貨車積みが終了した頃がちょうど一九四九年の正月一日だったようだ。唐山から北京までは近かった。

傷痍軍人：戦闘などで負傷した軍人。

私たちは北京手前の豊台《ほうたい》駅で下車した。豊台では、日本占領時代に東倉庫と呼ばれていた兵舎に落ち着くことになった。そこは大きな豊台駅機関区のすぐ横だったので、列車の編成入れ替えなどで夜通しガラガラ、ガチャンという貨車入れ替えの音がして最初の頃は安眠できなかった。しかし、数日すると耳が慣れてきたのか、その音も全然気にならなくなった。

戦後数年しか経っていない混乱期なので、どこへ行っても日本人はいた。瀋陽解放のときにも、数名の日本人技術者がいて、私たちと行動をともにした。北京郊外の豊台鎮へ来たときも米光卿《よねみつきよう》という日本人が住んでいた。その人は中国の女性と結婚して、長年豊台鎮に住んでいた人なので、北京の事情にもとても詳しかった。その方がある日「今、北京城内では平和談判が行われているが、城内にも多くの日本人が住んでいて、彼らは共産党がどのような政党か全然知らず、とても心配している。誰か行って一つ説明してもらえないだろうか」といってきたことがある。その話を聞いた私たち戦車隊のリーダー格の大橋氏が「そんなに多くの日本人が城内で困っているなら、やはり行って説明してあげるべきだ」と工場長には内緒で数日後に米光卿の先導で北京へ行くことになった。

当時、北京はまだ国民党軍の支配下にあったので、北京の各門には国民党軍の関所があった。そこで大橋氏の身元がばれたら大変なことになるという難しい問題があった。米光卿は言葉も外見も中国人と変わらないのだが、大橋氏は中国語ができないので、米光卿が前の人力車に乗り、うしろの人力車に大橋氏を乗せ「万一北京城門の関所で、城門を守る敵方の国民党軍に誰何《すいか》されたときは、ただ『わーわー』と言葉が話せないふりをしてください。そのときは自分がすぐ来ますから」と二人示しあわせて朝早く豊台鎮を出た。当時、北京城内では国民党・共産党双方が平和開城の談判を行っているとはいえ、解放軍は北京城の周囲を大小四千門の大砲を構えた状態の臨戦態勢だった。あるとき、

日本製中型戦車の前で筆者（左）と戦友の祝融（右）。
豊台の整備工場にて（1950年頃）

誰何：声をかけて誰か問いただすこと。

国民党軍の戦車二、三両が包囲を突破して出てきたものの、すべて大砲の餌《え》食《じき》になってしまった。

留守番をしていた私たちは、二人が無事に帰って来てくれればいいが、と心配していたが、翌日二人は何事もなかったかのように帰ってきて、「北京城内では大変丁重に接待され驚いた」という報告があった。しかし、それからが大変だった。彼らが朝早く出かけるのを誰かに見られたようで、そのことが工場長に報告され、工場長は大橋氏が帰ってくるなり呼び出して「北京城内はまだ敵軍の支配地域だ！　万一のことがあったらどうするのだ！」と大目玉を食らったようだ。

堂々の北京城入城

一九四九年一月末、北京平和開城は成功し、翌二月三日頃、堂々の北京入場式となる。当日は戦車搭乗員が足りないため、工場からもかなりの人たちが動員されていった。

その人たちが帰隊して、興奮した口調で当日の模様を話してくれた。今も

東直門、西直門：かつての北京は城壁に囲まれており、城門を通って外部と行き来していた。内城と街区を区切る城壁のうち、東側に東直門、西側に西直門があった。中華人民共和国成立以降、都市開発のために取り壊され、今ではごく一部の城壁しか残っていない。

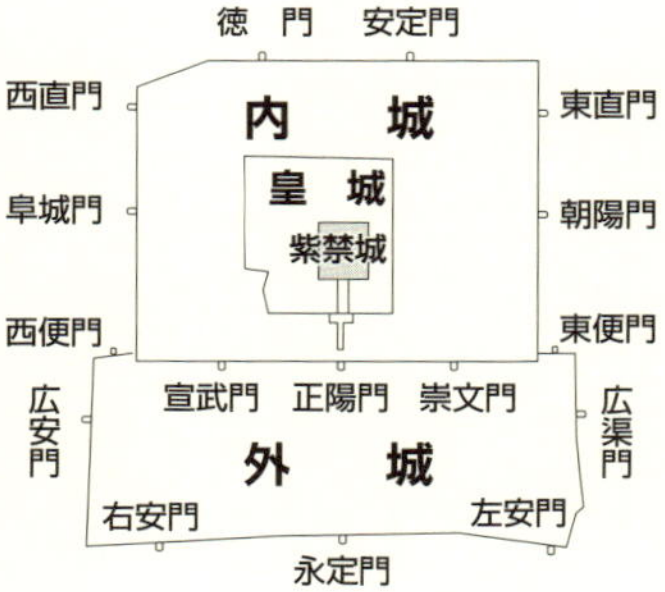

文通がある宝清《ほうせい》県の劉宝山《りゅうほうざん》氏もそのうちの一人だった。パレードは東直門から入城し最後は西直門へ向かうのだが、城内に入ると大勢の学生、市民たちが我先に花束を持って待ち構えていて、いっせいに差し出すものだから、戦車が前に進めないほどだったという。

1949年２月はじめ、入城

黒竜江省の田舎からいきなり大都会の北京へ出て来た人もいて、その頃は皆うぶだったのか、大勢の女子大生が差し出す花束などを受け取る勇気もなかった。

以前、東郊民巷《とうこうみんこう》一帯は外国公使館が多かったので、「為了給洋鬼子門看（西洋人たちに見せるためといって）」少ない戦車で何回もグルグル回って示威行進をしたともいっていた。

パレードに参加した兵は東直門から入城して、最後は西直門へ抜

内城と外城を区切る城壁に設けられていた崇文門。哈徳門ともいう。この付近には豪華な商店街があり、北京二大市の一つである隆福寺市場がある。写真の牌楼（はいろう、中国の伝統的な扉のない門）は、北京四大牌楼の一つとして有名だった。現在は城壁の一部が保存され、公園になっている（『亜細亜大観　第16輯の６』国立国会図書館蔵）

け豊台鎮《ほうたい》へ帰投した。

工場の政治指導員（工場長クラスの人）が皆を集めてその日のことを講評して「市民の皆さんがあんなに熱烈に歓迎し花束を差し出しているのに、君たちは『呆頭帯脳的（ただぼうっとしているさま）』全く融通が利《き》かないのだから……」と批判した。すると皆は「だって私たちは常日頃から『不拿人民一針綫（人民からは針、糸一本取るな）』と教わっているからです」と答えたので大笑いになる。兵士たちが受け取らなかった分、指導員一人で抱えきれないほどの花束を手にする羽目《はめ》になったとのことだ。


北京へ来ても原則は自給自足なので、大生産運動がはじまる。春を迎えると、工場でも空き地に野菜を植えたりした。しかし、その運動は長くは続かなかった。なぜなら、そのおかげで近郊農民の作物が売れなくなったからだ。

豊台地区の衛生状況は最低だった。町中の溝は素掘りのままなので、水たまりの脇は雑草が生い茂り、あたたかくなると大量の蚊がわき、夜になると各兵舎には何本もの真っ黒な蚊柱《かばしら》が立つのだった。北の黒竜江省では見られないことだった。大軍が南下した当初は十分な蚊帳《かや》もなく、暑い夏でも毛布でくるまなければ寝ることもできなかった。でも、そうするとすぐ汗だらけ

蚊帳：夏に蚊やそのほか小さな虫を防ぐために、四隅を吊って寝床をおおう帳（とばり）。

になり毛布をはいでしまうので、蚊の餌食《えじき》になるほかなかった。そんな環境の中で大勢の人がマラリアにかかった。私もそのうちの一人だった。マラリアには色々なタイプがあるそうだが、私は毎日一回高熱に襲われた。薬品のキニーネも最初の頃は十分になく、私は一カ月以上経ってようやく平常に戻ることができた。

その大量の蚊を退治するために、蚊の発生源である豊台鎮や工場周囲の溝さらいも工場全員総出で行った。その成果があって、兵舎内の蚊柱もだんだん少なくなっていった。ちょうど私がマラリアで寝込んでいる頃、今度は北京の主な城門の拡張工事がはじまった。トラック一台が通れるほどしかなかった旧来の城門の幅を、倍の二車線にする仕事だった。

我々戦車隊には機動力があるので、数カ所の城門拡張工事は戦車隊が受け持つことになった。秋にはその工事も終わり、部隊全員へ今回の工事で得た一時金が分配された。マラリアを患い寝たきりだった私は、皆と一緒に一時金をもらうことにとても気が引けた。当時の金で五、六十万元だったように覚えている。そのお金で日本人の多くはスイス製の腕時計を買った。私もその一人だ。あの当時は防水自動巻きが珍重《ちんちょう》されていた。

マラリア：マラリア原虫を持った蚊に刺されることによって感染する病気。熱帯熱マラリアは、二十四時間以内に治療しなければ、重篤化し、しばしば死に至る場合もある。

中華人民共和国の成立

一九四九年九月頃になると、十月一日の建国に向けて国旗、国章、暫定国《ざんてい》歌の勉強や練習がはじまった。工場ではパレードに参加する戦車の整備に追われる。戦塵《せんじん》にまみれた全車両の整備は大変な作業だった。

北京に来た当初は一個大隊だった戦車隊も瀋陽、天津、北京での国民党軍戦車部隊の吸収や再編成を通して、その頃はすでに戦車師になっていた。当時、各部隊にいた日本人教員の話では、各隊は北京西郊外あたりで毎日戦車の四列縦隊行進の練習に明け暮れていた。

いよいよ十月一日建国記念日を迎える。当日は早朝、暗いうちから工場の全員がトラックで天安門城楼前（現・天安門広場）へ向かう。数万名の各部隊を整然と天安門前に集合させるのだから、大変だったようだ。

私たちの集結場所は天安門城楼前のやや東寄りのところだった。

中華人民共和国成立の儀式は、毛沢東の建国宣言のあと、朱徳総指令の閲兵式があり、それが終わるとパレードの行進になる。戦車部隊、砲兵部隊、歩兵部隊、労働者集団、農民集団、一般市民と、朝からはじまった天安門前

師：中国人民解放軍の陸軍における軍隊編成上の戦術単位。最も大きな「軍（軍団）」の次に位置する。

〈解放軍の軍隊編成単位〉
軍（軍団）
師（師団）
団（連隊）
営（大隊）
連（中隊）
排（小隊）
班（分隊）

毛沢東：中華人民共和国の政治家、軍事戦略家、思想家。中華人民共和国の建国者。

珠徳：中華人民共和国の軍人、政治家。中国人民解放軍の「建軍の父」と評される。

のパレードは夕方まで続いた。軍の行進は整然と短時間ですんだが、労働者、一般市民の行進では、天安門前に差しかかると、毛沢東主席を一目見ようと人々が立ち止まり何度も「毛沢東万歳」を連呼して前に進まなくなるので、マイクで「皆さん早く前へ進んでください」と誘導しなければならなかった。地上でパレードが行われている間、四機ほどの飛行機が天安門上空に飛来し、共和国成立記念日に花を添えた。その飛行機は何度か旋回して飛び去った。飛行機が飛来するのを見た私は、東安《とうあん》市内で戦車隊のすぐ隣にあった航空学校のことを思い出していた。陽が落ちると花火が打ち上げられ、北京の夜空を彩った。その日は随分遅く腹ペコになりながら豊台《ほうたい》へ帰投したのだった。

中華人民共和国成立後ほどなく、ソビエト連邦との間に中ソ友好同盟相互援助条約が成立し、軍事、経済、建設などにわたるソビエトからの援助がはじまった。

一九五〇年のはじめ頃、北京へやってきたのは、完全装備のソ連軍戦車一個師だった。目的は当時最新鋭のソ連製戦車の移譲と訓練のためだった。その車両はただちに各部隊へ配属され、新しいしいソ連製のT－34型中戦車（三二トン）を用いた訓練がはじまった。当時の訓練場は盧溝橋《ろこうきょう》の少し下流

盧溝橋：北京の南西、永定河（盧溝河）にかかる橋。金の章宗の時、一一八九年に架橋されたものが現存する。盧溝橋事件の舞台となる。

の永定河《えいていが》の河川敷《かせんじき》だった。

ときは真冬だった。訓練開始の日、ソ連軍将校が「訓練の前に模範運転をする」といって一名のソ連軍戦車兵を紹介した。「彼は独ソ戦でベルリンまで行った模範的な操縦兵だ。今から彼が練兵場を一周する」といい、時計を見ながらスタートの合図をする。結果、彼は十五分で一周し、元の位置へ帰ってきた。そのとき将校が「中国戦車兵の中の誰か操縦してみないか」と問いかけたが、誰も返事する者がいなかった。少しの間があったあと、「私がします」といって教官を務める日本人の永田氏が申し出て、スタート地点から走り出した。彼が一周に要した時間は十三分だった。そのとき、ソ連軍将校が「中国人戦車兵の中にもこんな優秀な兵隊がいるのか」と褒《ほ》め讃《たた》えたので、傍《かたわ》らに立っていた中国側の中隊長は実は日本人ともいえず、ただ苦笑いをしていたという。この話はのちに永田氏から聞いた話である。

私たちの工場にもソ連軍将校が来て整備、修繕に関する技術講習会を行った。通訳は豊台《ほうたい》鎮に住む白系ロシア人のカマラギンという普段とてもひょうきんな爺さんが務めた。彼もまたエンジニアであった。

講義はまず、エンジンの構造やその仕組みからはじまったが、私たちは毎日その仕事を日課としているので、取り立てていうほどのことはなかった。

エンジン潤滑油《じゅんかつゆ》ポンプの原理を説明するときになって、彼はオイルポンプの作動原理と構造を全く逆に説明した。その講義を聴く大勢の工場関係者、通訳のカマラギンさんも含めて皆その説明が誤っていることに気付いていたと思うが、誰もあえて質問しなかったので、私が手を上げ質問した。すると彼は、主軸歯車の回転方向を元に数枚の歯車を介して回るポンプの回転方向を何度も何度も確かめて頭をひねっていた。どうも彼は、そのポンプがどのような原理でA側からB側へオイルを送出するのかを知らなかったようだ。彼はその場で結論が出ないので、最後に一言「宿題に残すが、どちらが正解かタバコ一箱賭《か》けよう」といった。

そのとき、通訳のカマラギンさんがちゃめっ気を出して私を指さし「この子は日本人だよ」といった。その途端、将校の顔が一瞬険《けわ》しくなった。そして通訳に「なぜ日本人がここにいるのか?」としつこく尋ねていたのを覚えている。その講義へ出席していた日本人は私だけだった。

そのとき、私はソ連軍技術将校といってもこの程度かと、少し残念だった。

武器移譲のため、北京まで派遣されてきたソ連軍は、二、三カ月後には帰国していった。しかし、彼らは北京滞在中、社会主義ソビエトを誇示するかのように、夜毎ダンスパーティーを開いていたようだ。その頃から隊内でもロシア語の勉強会が頻繁《ひんぱん》に行われるようになった。

確か一九五〇年の春だったと思うが、中華人民共和国も成立したし、我々日本人もそろそろ帰国するべきではないかという意見が多くなってきた。そこで日本人の責任者のような仕事をしている人が、外務省へ「現在もまだ未帰還の邦人が大勢外地にいます。日本政府の援助をお願いする」という内容の手紙を出したことがある。最初は外務省の返事などあまり当てにしていなかったが、ある日、それに対する返書が届いた。

日本人全員集まってその返書を見た。外務省の返書には驚いたことに「在外日本人の引き上げ業務はすべて完了しています。現在残っている未帰還者は志願して残留した人たちなので、自費で帰って来てください。帰国旅費がない人には香港経由の旅費（当時の金額で三十六万数千円）を国から貸与《たいよ》しますす」とあった。日本の一般会社員の給料が数千円の時代である。そんな大金を借りて帰国する者がいたのだろうか。もしいたとすれば、それは資産家の子女たちに限られるのではないだろうか。

敗戦後、私たちのように中国東北地方のかなたに捨ておかれた数万人の日本人の追跡調査もせず、簡単に「在外日本人の引き上げ業務はすべて完了した」といい切る日本政府の態度に、怒りを通りこして、呆れざるを得なかった。この日本政府の怠慢《たいまん》が数多くの日本人残留婦人や残留孤児を生む悲惨な結果を生んだのではなかったのか。

敗戦直後から中国東北地方の南部では、すでに国民党・共産党双方の国内戦がはじまっていて、南へ通じる交通網はすべて遮断《しゃだん》された状態だった。東北部にはまだ大勢の日本人が取り残されており、彼らは日本に帰りたくとも帰れなかったのだ。日本政府の答弁は残留邦人の心を無視したものであった。私たちは幸いにも中国奥地の多くの善意の人たちに助けられて九死に一生を得て北京まで来ることができたが、東北奥地一帯にはまだまだ大勢の日本人残留者がいた。

私たちにとっての祖国とは一体何なのだろうか。都合がいいときは「お前たちは皆天皇の赤子《あかご》だ」とおだてられ、いざ敗戦になると外地へ捨ておかれる。これが今まで雨に日に憧《あこが》れていた「祖国」の本来の姿だったのかと、思い出すたびに悲しくなる。

日本との文通はじまる

一九四九年頃から香港を通じて日本との文通ができるようになった。ほとんどの日本人は皆故郷の両親や兄弟へ手紙を出していた。私は両親ほか姉たちもみな中国で亡くし、日本へ手紙の出しようがないと思っていた。その頃、私は当時中国東北地区にあった邦字新聞《ほうじしんぶん》の尋ね人欄に、敗戦時の混乱で行方不明になった八重子姉の行方を探す尋ね人の記事を投稿したことがある。

その結果、肝心の姉の行方は杳《よう》として知れなかったが、敗戦前の富錦《ふきん》で私たちの家に下宿していた軍属の近藤さんから手紙が届き、私たち一家の安否を尋ねてきた。私も近藤さんをよく覚えていた。その後、何度か手紙のやり取りでわかったことは、戦後、彼は鶴岡炭鉱で技師をしているとのことだった。北京へも何度か出張で行ったことがあるのだが、実際に会うことはできなかった。彼はもと陸軍軍属の建設関係技師だったのだ。

戦時中、近藤さんは私たちの家の二階に下宿していた。夏休みなどはよく彼とともに作業現場へ行ったことを思い出す。下宿に帰っても、暇さえあれば彼からギターを教えてもらっていた。彼から来た最初の手紙に「富錦にいる頃食べた、お母さんがつくったお味噌汁の美味しかったことが忘れられないです」とあり、私を泣かせた。

その後も年配者から何度も「日本へ誰か親戚がおるだろう？　そこへ一度便りをしたら」といわれ、富錦に何度か手紙が届いていた佐賀の叔父さんを思い出し、一度連絡してみるのも悪くはないと思って、うろ覚えの住所へ手紙を出すことにした。着くか着かないかもわからない手紙に返事など来るはずがないと半ば諦《あきら》めていたある日、思いもかけないことに、先に帰国していた三人の兄と三人の姉たちから一度に六通もの手紙を受け取ることになった。

その手紙によると、佐賀の叔父は私が出した手紙の切手（当時の人民元で千元分）を見て、「わしはとてもこんなに高い金は出しかねるので、お前たちだれか返事を出してくれ」といって、交通の便が悪かった佐賀から伊万里まで、わざわざ汽車賃を払って私の兄たちが戦後開拓に従事している僻地《へきち》まで訪ねて来たという。その叔父は村会議員だったが、他国のことは万事疎かったようだった。兄たちも私たち二人がなんとか元気でいることを確認できて大変喜んだようだ。

新潟出身の先輩のところへは、ちょうどその頃発生した大きな地震を知らせる新聞記事が送られてきて、私たちも日本各地の惨状を知ることができた。

その年の初夏のある日曜日に第一中隊の教官をしていた柴田さんが風邪をひいたようだといって臀部《でんぶ》に注射を受けたあと、めまいがして工場近くの側溝に倒れ落ちるという事故があった。

その後、高熱を発したが、その日はたまたま休日だったので、北京市のあちこちの病院を探しまわることになった。ようやくある病院で診察を受けたところ破傷風《はしょうふう》と診断され、自分の病院では治療できないと、また他の病院へまわされてしまった。ただでさえ緊急を要する破傷風の治療なのに、あちこちたらいまわしされ、柴田さんは結局亡くなられた。二十歳を過ぎたばかりの若さで、本当に残念なことだった。

死者を火葬する日本の習慣を理解していた戦車師の上層部も日本人のため特に配慮し、北京西郊外の五棵松《ごかしょう》(この現場は今では完全に北京市内へ編入され立派なビルが立ち並び昔の面影はない)というところで火葬をすることになる。その火葬には、戦車隊の日本人全員が参加した。正式の火葬場があるわけではないので、五棵松の一角に大量の薪《まき》を集めてきて、棺《ひつぎ》を上にのせて火葬の準備をしていると、若くして突然病死した柴田教官の報を受けた高副師長が、直々に火葬現場へ駆け付けてきた。あたかも我が子を失ったかのように嘆《なげ》き悲しむ姿に皆胸を打たれた。大粒の涙をポロポロ流しながら「柴

破傷風:破傷風菌が傷口から入って体の中で増え、破傷風菌毒素を大量に出すためにおこる重い病気。

田よ！　お前何故こんなに早く死んだのだ！」といって棺の周りを何度もまわりながら泣き続けていた姿を私は今でもはっきりと覚えている。

普段は一個師千数百名の将兵を叱咤指揮《しったしき》する高副師長が、一日本人青年の不慮の死に対して、副師長としての体面をはばかることなく大粒の涙を流す姿に、居合わせた日本人一同は深く胸を打たれた。高副師長の家族は彼が抗日軍に身を投じたという理由で、両親をはじめ当時まだ乳飲み子だった弟たち全員が日本軍の手で虐殺《ぎやくさつ》されたという悲しい事件にあっていた。それにもかかわらず、彼の今日の悲しむ姿に私たち一同は彼の心の大きさに感動させられた。

私たちは徹夜をして火葬をすませ、翌朝お骨を拾い、帰隊した。大切な仲間一人を失い、皆深く悲しんだ。

国府軍天津城外の守り

柴田さんを荼毘に付した夜、火葬場で高副師長が柴田さんがいかに勇敢で自己犠牲の精神に富んでいたかを物語る天津市街戦突入前夜のエピソードを話してくれた。

天津市城外には敵軍の進撃を防ぐため、市街をとり巻くように幅五メートル、深さ三メートルのクリーク（四〇キロメートル）が張り巡らされ、城外の南運河の水をクリークへ導くようになっていた。そして、そのクリーク沿いに三八〇カ所の堅牢《けんろう》なトーチカを配置し、主な進撃路の各要所には一万発以上の地雷を敷設《ふせつ》していたという。攻撃の最大の障害はそのクリークの突破だった。敵方の強力な砲火のもと、クリークに架橋《かきょう》をすることは、数個中隊の工兵の犠牲を払ってもおぼつかないと判断された。そこで、各軍の参謀会議で最終的に出された結論は、橋脚として戦車一両を犠牲にすることだった。

操縦者の生還の可能性はほぼゼロのその作戦命令を戦車隊へ持ちかえった高師長が隊員の前で「任務遂行のために誰か行く者はいないか」と希望者を募った。そのとき、最初に手を挙げたのが柴田氏だった。すると高副師長が「柴田よ、生還の望みはないのだぞ」というと、「私には親がいるかどうかもわからないが、皆さんには親兄弟がいます。私はいつ死んでもいいので、死は恐れません！」と答えたという。そこで高副師長が「お前にはまだほかに大きな任務がある」といいながら、ほかの人たちへ「教員が行くと志願しているのにお前たちは誰も行かないのか！」とはっぱをかけられたところ、何

トーチカ：機関銃や砲などを備えた、コンクリート製の堅固な小型防御陣地。トーチカはロシア語で「点」の意。

鹿児島県南九州市の青戸飛行場跡に残る六角形のトーチカ（『九州の戦争遺跡　新装改訂版』海鳥社）

人かの人が手を挙げたという。戦車を橋脚にすると、クリークの直前で九〇度急旋回して腹を上にしてクリークに戦車を入れるということで、至難の業だった。

そして総攻撃の日がきた。しかし、結果はあっけなかったようだった。

そのクリークに導く水は天津郊外の南運河から疏水路《そすいろ》を掘り、クリークへ流すようになっていた。そこで敵方は、毎朝上流にある疏水路のゲートを開けてクリークへ水を流していたが、日が暮れると夜闇に隠れて解放軍は下流の放水用のゲートを開けるのだった。河北の冬はあたたかいとはいっても、毎日のように注排水を繰り返す間に氷はだんだんと厚くなる。総攻撃当日、決死の思いで二両の戦車が先頭を切ってクリークへ走りこんだところ、クリークの水は完全に厚い氷に覆《おお》われ、戦車も突撃の兵隊も氷上をなんなく渡りきることができたという。この話は中国黄河出版社出版の『中国砲兵奇傳』にも記載されている。

疏水：給水、灌漑、舟運などのために設けた水路。疎水。

朝鮮戦争の勃発

一九五〇年六月二十五日、朝鮮戦争が勃発《ぼっぱつ》する。私たちがいた戦車師も大半が志願軍として戦場へ行くことになる。今も中国黒竜江省宝清県《ほうせい》に住む戦友・劉宝山《りゅうほうざん》氏は、二度にわたる朝鮮出兵に動員されながら五体満足で帰国した稀《まれ》にみる生存者なのである。残された日本人は皆長新店《ちょうしんてん》にある戦車学校や整備センターへ移籍になる。私たちの配属先は戦車学校付属の整備工場で、工場は長新店郊外近くのところにあった。

そこで私たちは今までとは違う給料制になる。職階を三～七級制に分け、その等級によって給料が支払われることになった。今までの苦労に報いるためか、日本人はほとんど五級以上七級の給料をもらうことになった。二十歳前の私さえ六級職という熟練工なみの給料をもらうことになる。先輩の中には七級職の給料をもらう人が何人かいて、月に当時の人民元で七十数万元を、私は六級職で約六十数万元をもらっていた。当時、私は毎月食費として十万元納めればあとは自由に使うことができた。

私より年配の人たちは、留守宅の両親へ五十万元（当時の為替レートで日

朝鮮戦争：大韓民国と朝鮮民主主義人民共和国との間で行われた戦争。朝鮮の独立・統一問題に米・ソの対立がからんで、武力衝突に発展した。両国ともそれぞれアメリカ軍を主体とする国連軍と中国人民義勇軍の支援を受けて一進一退を繰り返したが、北緯三八度線付近で膠着状態となり、一九五三年七月に休戦となった。朝鮮動乱。

本円で五千円）ほどを毎月日本へ送金していた。そして先輩たちは、ことあるごとに「無駄使いしないで君も少し日本へ送金したらどうか」といわれた。私も、もし親が生きていれば送金しただろうと思うが、親がいなければなかなかその気持ちにはなれなかった。

その当時の日本からの手紙は全部後生大事に保管していたが、あまりにも深くしまいこんでしまい、今は行方不明だ。それを見つけることができれば、もう少し当時のことを詳しく書くことができたのにと悔やまれる。

1950年正月、北京北海公園にて。朝鮮の戦場に赴く戦友・張斯文（前列右端）に黒竜江省から会いに来た老父（前列右から２番目）。その隣が筆者（前列左端）

帰国、そして慰霊行へ

夢に見た日本への帰国

一九五〇（昭和二十五）年夏から、中国残留日本人の帰国問題が急速に動き出した。その当時、どこからともなく次のような話が伝わってきた。

モンテカルロで開かれていた国際赤十字会議へ戦後はじめて参加した日本赤十字社の島津《しまづ》忠承《ただつぐ》社長が、同会議に出席していた中国紅十字会の李徳全《りとくぜん》会長と同席した際に、島津社長が数百名の日赤看護師が未帰還になっていることを告げたことから残留問題の解決がはじまったというものだ。また、一九五二年には、国会議員の高良《こうら》とみ、帆足計《ほあしけい》、宮腰喜助《みやこしきすけ》の三名が、当時、鉄のカーテンといわれていたモスクワで開催された国際経済会議出席ののち北京を訪れ、邦人の帰国問題が急速に具体化したようだった。そのことと歩調を

鉄のカーテン：ソ連を中心とする東欧の社会主義国花が西欧の自由主義国家に対してとった秘密主義や閉鎖的態度を風刺したことば。一九四六年、イギリス大統領・チャーチルが演説で用いた。

あわせたかのように、私たち残留日本人に対して、中国政府から各人へ帰国希望の確認が行われた。中には、もう日本へは帰りたくないという人も居たようだった。それは日本へ帰っても誰も親族はおらず、天涯孤独《てんがいこどく》の人たちだった。

一九五三年初頭、中国政府の帰国条件が発表される。帰国に際して、

一、骨董品《こっとうひん》、刀剣銃器類の持ち出しを禁じる

二、各人が労働で得た金銭の持ち出しに制限は設けない、しかし現在中国には米ドルがないのですべて香港ドルで持ち出すことになる

三、皆さんを信用して出国時の税関検査は行わない

という簡単なことだった。

私たちがいた工場では、帰国に際して出る大量の不用品を労働組合《ろうどうくみあい》が全部処理してくれた。

最初、私物は何もないと思っていたが、いざ荷づくりをするとかなりの量になった。そこで、仲間数人と話しあって北京の王府井《おうふせい》市場へ行き、少し大きめの革のトランクを一個買い求めた。できあがった荷物はトランクと布団袋の二つになった。

帰国に際して最大の問題は、前の年に文夫が肺結核にかかり、入院していることだった。それも北京からかなり離れたところの病院だった。また、文夫の病状があまりよくなく、今度の船には乗ることができないので、病状が安定してからのち帰国することになった。敗戦この方ずっと私の身辺からあまり遠くへは離れたことのない文夫を一人置いてゆくことが、私には一番の心配事だった。いろいろ考えた挙句、一通の手紙を弟宛てに書いた。内容は「帰国のことは心配をせずに病気が全快するまで療養すること。兄は一足先に帰国して日本でお前の帰りを待っているから」というものだった。

私たちが出発する前夜には工場側が催《もよお》してくれた歓送会があった。心は帰国で浮き足立っていたものの、仲間たちといざ別れるとなると名残惜《なごりお》しかった。

そしていよいよ三月はじめ、工場の仲間たちの見送る中を天津へ向け列車で移動する。日本側が手配した船が来るまで、天津市内の恵中ホテルに宿泊することになる。

その当時、天津市内の商店では、日本人割引の貼り紙をして、私たちの帰国と買い物を歓迎してくれた。私たちは日本側の配船の到着を待って、天津市内の恵中ホテルに約一週間滞在した。その間は何もすることがないので、毎日のように市内の商店巡りや外食をして時間を潰《つぶ》していた。
私たちの帰国は、第一陣第三船の白山丸だった。私たちの前は興安丸と、白竜丸だったようだ。乗船は天津近くの塘沽《とうこ》港からだった。三月下旬、いよいよ中国とのお別れの日を迎える。

全員乗船を完了し、出港したのは確か三月二十一日ではなかったかと思う。洋上三日位かけて京都・舞鶴港へ入港する。久しぶりに見る日本の島々は山また山の連続で、平地が少ないのに驚いたことを思い出す。その当時の舞鶴港岸壁一帯は、まだ未舗装のままで、広場一帯泥の海のようだった。岸壁から宿舎建屋の入り口までの通路には一面古畳が敷《し》き詰められていた。そこは元海兵団宿舎跡地だったようで、とても広い宿舎だった。一番印象に残っているのは、一度に百人ほど入れそうな大きな風呂場だった。

私たちが帰国して二日目の朝、先に帰国していた喜久子姉がラジオ放送で私の名前を聞き知って、わざわざ佐賀から迎えに来てくれた。まさか遠い佐賀から迎えに来てくれるとは思わなかった。私も帰国当日、兄へ一通の電報を打っており、中国残留日本人の帰国事業がはじまってから、毎日のように繰り返すラジオの帰国者名簿を聞き洩《も》らすことのないように姉たちは聞いていてくれたのだった。

白山丸：日本海汽船が保有した船。太平洋戦争中も民間船として運航し、戦後は引き揚げ船として活躍した。昭和三十三年の最後の引き揚げ船も白山丸だった。

白山丸（舞鶴引揚記念館提供）

海兵団：旧日本海軍において軍港の警備と新兵の教育にあたった陸上部隊。

久しぶりに見る姉はなんとなく一回り小さくなったように見えた。小学校六年生のとき別れたきりの姉も、久しぶりに見る私があまりに大きくなっていたので、ちょっと驚いた様子だった。姉は執拗《しつよう》に両親のことを聞いて涙しながら「八重子姉が無事でいてくれたらよいが……」と何度もお互い別れたときのことを私に確かめた。

私たちの船が入港したとき、興安丸はまだ桟橋へ繋留《けいりゅう》されていたようだった。

船が入港して最初に接したニュースは、帰国第一船目の興安丸に乗船していた帰国者たちの下船拒否だった。先にも書いたが、当時、帰国者は全員香港ドルを持参して帰国していたが、なんと日本政府は「日本では、香港ドルは取り扱わないので、日本円への兌換《だかん》には二、三カ月を要する」というにべもない回答だったという。長年外地で過ごした帰国者たちが持ち込んだなけなしの金をかえるのに三カ月もかかるなんて、あまりにも帰国者の窮状《きゅうじょう》を無視した態度に、やむを得ず下船拒否を行ったと聞かされ、私たちも同じ境遇にあるものとして大いに賛同した。そのおかげで、そのあとの帰国者は全員当日その場で日本円に交換することができたのである。舞鶴港には各県の代表が迎えに来ていた。しかし、日本政府を代表する外務省などからは誰も来

兌換：紙幣や銀行券を正貨と交換すること。

歓迎アーチ付近をうめる出迎えの人々（舞鶴引揚記念館提供）

ていなかった。それは私たちが勝手に帰国してきたといわぬばかりのようであった。

舞鶴港には三日ほどいて、帰国者たちはそれぞれの故郷へ帰って行った。私はとりあえず兄たちがいる伊万里へ帰り、その町の自動車整備工場へ就職する。そのときの日給は確か一九〇円ほどだった。一カ月二十五日働いても五千円には手が届かない収入だった。下宿代が四五〇〇円の頃の話である。その整備工場で半年も働いただろうか、その後は政枝姉の夫である松下義兄の世話になる。

当時、義兄は林野庁営林署担当区の技官をしていた。毎日松下義兄について山へ行き、立木の計測やら計測ずみの木に官印を打つ仕事をした。ときには山にわいた松食虫《まつくいむし》の消毒作業をしたり、夏、秋の季節になると色々な茸を採取したりと、とても楽しかった。

また、たまに伐採したあとの山に入り、そこら中に捨ておかれた松の木の枝を集めて、長さ三〇センチほどの薪《まき》をつくり、青竹でつくった三〇センチほどの竹の輪（たが）に詰め込み、山まで集荷に来る薪商人に一束十円ほどで売ったりして生計を立てたこともある。

その山仕事も、義兄の転勤のために終わりとなる。そのほか、もやし屋の家へ住み込んでもやしをお店に卸したり、当時流行りだした大豆納豆を卸したり、いよいよ何も仕事がないときは、職安の前の立ちん坊をして土木工事の仕事で糊口《ここう》をしのいだこともある。特にもやし屋の仕事は大変だった。朝から自転車のうしろに六〇キログラムのもやしを積んで、佐賀県鹿島市の店から白石町、江北町、大町町、武雄市、嬉野市とまわり、鹿島へ一周するのが毎日の仕事だった。約三〇キロメートルにおよぶ道のりで、私の足は鍛《きた》えられただろう。

帰国三年目の頃、二番目の兄・孝一郎の世話で兄嫁の遠縁にあたる人を頼

立ちん坊：日雇い労働の仕事を得るために街角に立って仕事を待つこと。

りに地方の中堅造船所の職にようやくつくことができた。それは一九五七年五月のことだった。当時の造船所は管理会社からようやく一本立ちした頃だった。ちょうどその頃、造船所はある水産会社の捕鯨基地になっていたようだ。南極へ捕鯨に出る前は決まって、捕鯨母船や捕鯨船の整備作業があった。その当時、捕鯨を終えた母船が帰港すると、毎回いつも大量の鯨の肉のお土産があった。一九六一（昭和三十六）～一九六四年頃に生まれた三人の子供たちは、皆この鯨肉により大きくなったといっても過言ではないと思う。当時の給料は一万円足らずだったので、大いに家計を助けられたのは事実である。

通訳という仕事

いざ造船所へ入社してみると、同時入社の人たちは、皆高校や初等中学出身の人たちばかりだったので、私は大いに引け目を感じた。異国で敗戦を迎えた私のように小学校さえろくに卒業できなかった者が、このような人たちとともに伍《ご》して行くためには一体どうすればいいのかと考えた。そこで私が最後に思いついたことは、中国語だった。これをもっと確実なものにすれば、今後の日中間の仕事できっとためになる！と。しかし、その頃は中国語や韓国語などは公安関係者かその道の学者の専門領域だったようで、一般の人が中国語を話したり勉強したりすると、とたんに色眼鏡で見られるような時代だった。私が中国語を勉強しているのを知ったまわりの若い人たちが「自分も中国語を習いたい」といって中国語勉強会へ来るようになると、その上司がすかさず来て「〇〇君あんな連中と付きあっていると君のためにならないぞ」と干渉してくるのだった。中国語を真面目に勉強する者は、ただそれだけで「あいつは毛沢東の回し者だ」とか「赤だ」といわれる時代だった。

私が中国語を勉強していた一九七〇年当時、長崎県立国際経済大学（現・長崎県立大学）にいた中国語教授の方が、ある日私に「先日私の大学当時の同窓生と道でばったり出会ったのだが、彼が『お前今何しているのか』と聞いたので、私は『今も中国語を教えている』と話したところ、なんと彼は『お前まだあんなチャン語をやっているのか』といわれ頭にきたよ」と話したことがある。今でもあまり変わらないかもしれないが、そういう時代だった。その頃、造船所内で若い者が「チャンコロが」とか「チャンコロのくせに」というたびに、注意してやらなければならなかった。若い者たちはその

チャン語：中国語を表す差別的表現。

チャンコロ：中国人を指す差別的な表現。「中国人」の読みが転化したとする説や「清国奴」の台湾語読みが日本統治時代に広まったとする説などがある。

言葉が相手を卑下《ひげ》する言葉であることさえ知らなかったほどだ。

職業柄、造船所は国際色豊かで日中国交回復までは、香港や台湾の貨物船やタンカーがよく修理や点検のためにドック入りしていたので、そういう船が来ると私は努《つと》めて中国語を仕事に生かすようにしていた。

当時、内戦に敗れた中華民国政権に伴《ともな》って、中国大陸から都落ちした国府軍やその家族は、台湾に移住していた。その頃、台湾を統治していた蔣介石政府は、中国大陸との間に「三不通」（通信、交通、通商の禁止）政策をとっていたので、一般市民は本国の親や親戚、友人と連絡ができずに非常に困っていた。何回か佐世保へドック入りするうちに、顔見知りになった船員の何人かから「実は故郷の親たちへ手紙を出したいのだが、あなたの住所を使わせてもらえないだろうか」と相談されたことが何度かある。

一九四九年以来、二十数年連絡がとれずにいることを知った私は、深く同情して快く同意した。早速お手伝いしたところ、数日のうちに返事が届いた人もいたが、中には、なかなか返信がなく、数年してから待ちに待った返事が届くこともあった。今度はそれを台湾へ送っても、本人からの知らせがなかなかなく、最後には、あらゆる手段をつくして依頼者本人の子女を探しあて、子細が判明したこともあった。その娘さんからの手紙には「父は数年前、

蔣介石：中国の軍人、政治家。中華民国総統。辛亥革命に参加し、孫文亡き後は、その後継者となる。抗日戦に勝利したのち、共産党との内戦に破れ、台湾に逃れた。

英仏間のドーバー海峡付近を航行中の船中作業で転落事故にあい亡くなり、私たちも父の故郷にはあまり興味がないのでつい失礼しました」とあった。しかし、その後は私を亡き父の友人として遇し、とても大切にしてくれた。その方たちとは今でも手紙のやりとりがあり、彼の家へ訪ねて行って故人の霊前に焼香したことも数回ある。その後、商社勤務になって、出張の傍《かたわ》ら彼の故郷へ立ち寄り、彼の叔父や兄弟たちと話をしたこともある。故郷の人たちにしてみれば、当時は文化大革命（文革）が収束して間もない頃だったので、外国へ手紙を出すことに大変神経を使わざるを得なかったようで、返信が遅れたとのことだった。

時代が変わり日中国交正常化後になると、今まで来ていた台湾船はだんだんと来なくなり、それと入れ替わりに中国本土の船が絶え間なく入港するようになった。日中間貿易が盛んになった証拠だ。そうなると途端に中国語が必要になってきた。当初、会社側は特別高給を払い、関西方面から華僑《かきょう》を連れてきたり、大学生を探してきたりしていたが、いかんせん、にわか通訳には造船用語がわかるはずもなく、作業現場ではよく私がその手伝いをしたものだった。専門の通訳者ではない人を連れて来るので、時々船主と会社との間にトラブルが起きることがあり、会社はそのツケを私のせいにすることも

文化大革命（文革）：中華人民共和国で一九六六年から一九七六年まで続き、一九七七年に終結宣言がなされた社会的騒乱。共産党内の対立から、毛沢東自身がはじめたとされる。毛沢東と対立する政治家や知識人が攻撃され、社会の分断と亀裂を招き、多くの死者を出した。

あった。

一度などは、一人のおばさんが私も中国語ができるといって、会社の某部長を頼って修繕船の通訳として来ていたこともあった。そのほかにも、中国から帰国したばかりの青年を通訳として連れて来たりしていて、当の私を含めてだが、玉石混淆《ぎょくせきこんこう》の状態だった。

そういう状態の中である問題が起きた。その問題とは、修繕工事に入った一艘《そう》の中国籍貨物船の船長が「今回修繕した工事カ所の保証書を出してくれ」という理不尽な要求だった。船長曰《いわ》く「工事着手前に保証書を出す」と約束したといい張ってトラブルになったことがあった。造船所勤務の人なら誰でも修繕船工事後に保証書などは出さないことくらいは知っている簡単なこと。そうした造船所の内情を知らない者の仕業であることが濃厚にもかかわらず、上司たちは私に疑いの目を向けるのだった。

当時は全体的に中国関係の取り引きではそうした要求をされてトラブルになることが再々あったのも事実だ。関西のある造船会社では、船の修理代金のトラブルで、日本での支払いを拒否され、代金回収のためにわざわざ中国広州市まで行かなければならなかったという。だから保証書の一件も中国側に踊らされた感もする。しかし、会社側は最後まで私の通訳内容を疑っていたようだった。

そういう物品納入後の色々なトラブルは、私が東京の商社へ入社した頃もよく発生していた。ある中小企業が中古の加工機械を中国へ輸出したところ、その機械の価格以上の損害賠償を請求され、驚いたこともある。その当時の中国社会では、何とかして資本家から少しでも多く毟《むし》り取ろうとする魂胆が見え見えだったように思える。

日本から輸出する前に、わざわざ中国現地の発注元の企業から責任者を呼んで、製造工場での立会検査を行った製品であるにもかかわらず、現地到着後の検査結果で欠陥品とされて、またひと騒動。日本側では多少の金で解決できるのであれば、その方が簡単なので数百万円の賠償金を払い和解する。すると今まで欠陥品だと騒いでいた人たちが、いとも簡単に「今後点検期間を短縮して使用します」と和解に応じるのだった。実際に点検期間を短縮検査したかどうかは全く疑問であった。

のちには、神戸在住の北京大学卒業の華僑の人を通訳に招いたが、現場での通訳はやはり私が現場に出なければならなかった。

やがて一九七八年頃になると造船不況に陥った。その年春先には一五〇〇人ほどの人員削減があり、私は高知の造船所への出向になる。当時、その会

華僑：中国本土から海外に移住した中国人およびその子孫。

社は外部から新しい社長を迎えており、彼は会社再建の名人だとおだてられていたのだが、その会社再建の方法といえば、徹底的な社員への経費削減や時間外労働、今でいうサービス残業などの労働強化だった。

高知の造船所あたりでは、彼の労働管理方式に反感を持つ人たちがいて、二〇〇〇トンクラスの新造船が船台から進水した途端、水没する事故があった。社長のやり方へ反感を持つ人が進水前夜ひそかに船底へ穴をあけていたためだった。私も高知の造船所へは丸一年出向の形でいたが、このような人を人とも思わない会社には未練はないと思い、一九八四年春、今まで勤めた造船所を依願退職する。

その年の秋、日中国交正常化後の二回目の貿易ブームが来た。前にも述べたように、今まで中国を敵視、軽視してきたために、そのブームが来てもそれに対応する中国語ができる人材が不足していたのだった。ちょうどその頃、やはり中国から帰国した私の友人から、東京の商社で中国語ができる人を探しているので、紹介するから行ってみないかといってきた。私にしてみれば渡りに船なので、日時を決めて早速東京へ行った。友人から紹介された商社の社長との約束は、繁忙期の二、三カ月だけだったが、その後一カ月ほどした頃、社長から「君さえよければずっといてくれないか」といわれ、喜んで仕事をつづけさせてもらった。

　在職中は、当社が輸出する機械や設備の中国現地での据え付け、試運転、オペレーターの訓練など、現場での通訳の仕事や大規模工場の建設の場合では、事前の設計条件会議や詳細設計会議などを数回開き、最後に設備、機種の選定、機械設備の現地工場における日中双方の立会検査時の通訳、そして最後は、現地へ赴《おもむ》き工場建設現場のメイン通訳を任された。従業員三千人ほどの規模だと、工場の建設、機械の搬入、据え付け、試運転、オペレーター教育などに軽く二、三年以上を要した。その間は、大体現地のホテルに缶詰め状態だった。そのような仕事に翻弄《ほんろう》されているうちに、いつしか十三年が過ぎ去り、六十三歳で退職する。

　その後、在職中にお世話になったことがある大田区のガラス加工所から話があり、その会社が中国へ展開する工場の常駐の通訳を勤める。

　その常駐期間、時々日本から派遣されてくる色々な会社の人たちの歴史認識に対する甘さには、本当に唖然《あぜん》とさせられることばかりだった。某会社の品質管理者は、二言目には「自分はある県立高校を主席で卒業した人間だ」という人だったが、彼がある日私に「日本は第二次世界大戦の戦勝国でしょうが、敗戦国の中国が国連常任理事国なのになぜ日本はなれないのか」とい

常任理事国：安全保障理事会を構成する十五カ国のうち、国連憲章が改正されない限り、理事国としての地位を持ち続ける国。アメリカ、イギリス、フランス、ロシア（旧ソ連から議席を継承）、中国の五カ国。

われ、私は非常にびっくりしたことがある。私は「あなたは学校で何を勉強したのか」と問うと、彼は「学校では何も教えてくれなかった」と返答したのには二度驚いた。

またある人は、中国へ出す手紙の宛先を本来、中華人民共和国四川省か、あるいは中国四川省と書くべきところを「中華民国四川省」と書いたりして、本当にその人たちの近現代史に対する認識のほどが疑われ、自分も一日本人として、とても恥ずかしい思いをさせられたことがある。

戦後半世紀経てからの慰霊行

商社勤務中の十三年間は毎年のように中国出張を繰り返し、前後約七十回以上の訪中をしたが、毎回仕事に追われ、遂に肉親たちが最期を迎えた黒竜江省宝清《ほうせい》の地へ行くことは叶《かな》わなかった。

商社退職後はいくらか時間的余裕ができたので、一念発起し、半世紀前の八月十六日に肉親たちが最期を遂げた現地へ是非赴《おもむ》き、慰霊祭を行いたいと心に決めた。それは一九九五（平成七）年、敗戦後五十年目の年だった。

そのために、中国で襲撃現場をよく知った人を探すことからはじめなければならなかった。私は早速、戦車隊入隊後から現在まで（文革時を除き）ずっとお世話になっている北京在住の王志毅《おうしき》先生にお願いして、宝清出身の戦友を探し出してもらい、ようやく私とその戦友・劉宝山《りゅうほうざん》、陳宝玉《ちんほうぎょく》と連絡がとれるようになった。はじめは彼等も文革当時の苦い経験から、日本人遭難者の慰霊のために協力することに躊躇《ちゅうちょ》していたようだ。その後、王志毅先生の説得があったようで、それからの劉宝山氏は親身になって、私が手紙を通して説明した地名、道順に従って色々調査をしてくれた。

特に、劉宝山氏は以前勤めていた宝清《ほうせい》県庁の課長の地位を生かして、積極的に襲撃現場探しに何度も七星泡鎮《しちせいほうちん》へ行って、現地の老人たちを探し出し、ようやく半世紀前の出来事を聞きだしたり、実際現場を訪れたりと、誠に頭が下がる働きをしてくれた。彼の献身的な働きで、数ある現場の中でようやく、七星泡鎮の東口近くで、私たちが賊に囲まれ、襲撃された地点を特定したのだった。そのあたりには多く開拓団が散在していて、日本人が襲撃を受けた現場も数多くあった。したがって、正確な場所を探し当てることも大変な作業だったのだ。その頃は文革が収束したあととはいえ、辺鄙《へんぴ》な田舎のことなので、劉氏が突然訪ねて行っても農村の人たちはなかなか心を許して話をしてくれなかったとのことだ。そういう状態の中での劉氏の献身的な働きは、何物にも代えがたいものだった。

劉宝山氏の多大な協力で襲撃された場所が特定できたので、東京在住の馬場君のお兄さん（二人）と妹さんや富錦《ふきん》国民学校の同窓生の神長君、猛兄と弟の文夫と私たち夫婦は一九九五年八月二十四日、戦後五十年経って最初の慰霊祭を実現することができたのだった。

今回の慰霊行は先人たちの苦難の道をたどるために、わざわざ富錦から宝清への道をたどりながら行くことにした。現地では霊前に供える生花はなかなか手に入らないので、宝清までの道中、野に咲くコスモスの花をつむことにした。見た目にはたくさん咲いているコスモスの花も、いざとってみると、とても微々たるものだった。富錦最後の夜は翌日現地で落ちあう場所を約束する。劉宝山氏と最後の電話連絡をして「明日は七星泡鎮政府の前でお昼頃会いましょう」と決めた。

翌日早朝、富錦のホテルを出発、いよいよ宝清県七星泡鎮へ向かう。この道は佳木斯《ジャムス》市から来たマイクロバスの運転手にとってはじめて通る道のようで、バスはスムーズには進まなかった。道中時間をとられ、当初約束した時間より遅れて七星泡鎮政府前に到着した。離別後四十数年ぶりに再会する劉、

懐かしい戦友との再会。右から陳宝玉氏、著者、劉宝山氏

陳両戦友をすぐ識別できるだろうかと道中心配していたが、車が着くと待ち構えていたように向こうから「おーい、長谷川！　よく来たな！」といって抱きついてきた。二人はまがうことなく少年時代の面影を残していたが、顔は日焼けして一段と逞《たくま》しくなっていた。私たちには積もる話が山ほどあるのだが、それらはすべて後回しにした。彼らは、私たちが今日遠路はるばる縁者の慰霊に来るので、今朝宝清《ほうせい》を出るときに前もって大きな二束の生花を水を張ったたらいに入れて持参してくれており、私たち一同は大いに感動した。

劉宝山《りゅうほうざん》氏が前もって連絡し、探し出してくれた昔から地元に住んでいる老人の案内で、まず一九四五年八月の襲撃現場へ行く。その人から、昔そこで亡くなった人は全部で三十四名だったと知らされるそこの正式な地名は七星泡鎮《しちせいほうちん》東口で、その地形そのものは五十年前と全く変わらなかった。ただ一つ、昔は水を満々と湛《たた》えていた七星河は小さな水たまりのような川に変わっていた。

私たちは、七星泡東口での襲撃前日はこの七星河の川岸で私たちは一夜を明かし、姉・貞子が重傷を負ったところだ。私は姉の遺骨の代わりにその川原から二、三個の玉砂利を拾って持ち帰った。襲撃現場は今でも土がむき出しになったままの状態だった。その現場に立つと、半世紀前の悪夢がまさに昨日発生した事件のごとく、眼前に蘇《よみが》えるのだった。森林警察くずれの一群の手によって一瞬のうちに大勢の人たちが射殺されたあの日のことが。私はただただ「お父さん、お母さん！　お姉さん、会いに来ましたよ！　遅くなってごめんなさい」と謝《あやま》りながらこうべを垂れた。

そこで数個の煉瓦片をかき集めて臨時の祭壇をこしらえ、皆で献花焼香をする。同時に、中国現地の方が事前に準備してくれた大量の冥紙《めいし》を焚《た》く。

私は敗戦後、半世紀ぶりにようやく両親や姉が最期を遂げた現場に正座し、「事件から半世紀経ってようやく慰霊に参りました。遅くなって本当に寂しかったでしょう。ごめんなさい。お許しください」と謝りながら合掌したのだった。

冥紙：四角に切って銭形を押した紙。中国で祭りのときなどに供えたり、焼いたり、棺に入れて死者に持たせたりする。かみぜに。ぜにがた。冥銭。六道銭。

犠牲者30数名が葬られた場所での焼香

馬場君のご家族も、私が商社勤務の頃、福島県会津若松市に住む馬場君の兄・敏衛さんを探し出し、馬場君とご両親や兄弟の皆さんの最期の状態を詳しく話していた。馬場君のご家族も今日までの経緯がわかり、今回の慰霊祭へ参加したのだった。現場を訪れることができて、きっと感無量だったことと思う。しかし八重子姉が富錦《ふきん》の地下壕を出るときに背負っていた馬場さんの幼子と八重子姉の消息《しょうそく》は、今もって不明のままだ。

今日の慰霊祭のために、劉宝山《りゅうほうざん》氏の計《はか》らいで近所の尼寺《あまでら》から手配してくれた四、五名の僧侶が襲撃現場で仏説阿弥陀経《ぶっせつあみだきょう》をあげてくださった。大勢の僧侶が声をそろえて唱えるお経は、ことのほか荘厳《そうごん》でありがたく聞こえた。

襲撃現場とその事件後に三十四名の人たちが埋葬されたという現場での慰

霊祭が滞りなく終わり、いよいよ宝清《ほうせい》街へ向かう。そのとき、猛兄が目に涙をためながら悔《くや》し紛《まぎ》れに「親たちも狭い日本より広々としたところに埋葬されかえってよかったのかも」と一言つぶやいた。

宝清街とはいってもしょせん小さな田舎町なので、日本人が八名も大挙して押しかけたので、なかなかホテルがとれず、結局、劉宝山氏が手配した宝清製糖工場の宿泊施設である招待所に泊まることになった。

その夜は約半世紀ぶりの再会を祝して、劉氏たちが手配してくれた招待宴で夜が更《ふ》けるのを忘れるほどお互い話に夢中になった。いつしか話は北京在住の王志毅《おうしき》先生の話になった。

王志毅先生は東安《とうあん》時代から北京豊台《ほうたい》区まで、ずっと私たちの直属の上司だった。今では中国全土に散らばるかつての仲間たちへの連絡も、王先生を通せばたちどころに連絡がつく状態だった。劉宝山氏の話では、王先生も狂乱の文革時代には紅衛兵たちに難癖《なんくせ》をつけられ、一時は精神に異常をきたすほどだったという。文革終了後、彼の罪も晴れて、最後は少将で退官したそうだ。王先生は、中国でも稀にみる抗日戦争、解放戦争の歴史の生き証人だった。

紅衛兵：文化大革命の一翼を担った学生組織。毛沢東直接の指導により組織され、「四旧（古い思想・文化・風俗・習慣）打破」をスローガンに活動した。

1947年当時の上司との再会。後列が上司たち。前列左端が弟・文夫氏、左から３人目が著者（1990年10月、北京にて）

さて、話はまた最初の慰霊行に戻る。

　私たちの今回の慰霊行最後の行事は、明日、宝清街《ほうせいがい》唯一のお寺である宝光寺で執り行われる法要だった。今日の襲撃現場慰霊祭や宝光寺での法要の日時順序などはすべて事前に劉宝山《りゅうほうざん》氏と相談し、お寺と打ちあわせた結果、実現したものだった。

　翌日は朝から宝光寺へ参集、私たちがお寺へ着いた頃はすでに三十名ほどの在家僧侶の男女がお寺の本堂に集まっていた。やがて読経がはじまる。今日も仏説阿弥陀経があがった。このように大勢の僧侶が唱える読経の声は、昨日の野外とはまた違って読経の声が広い本堂いっぱいにこだまして、人々を感動させた。本堂から位牌《いはい》安置所までの堂々巡りも仏法の教えに従って行われ、ずいぶん時間がかかったようだ。中国でつくった位牌をお寺へ納めて寺をあとにする。

法事のあと、文夫が一言ぽつりと「今日が本当の葬式だったようだ」とつぶやいた。中国の辺鄙《へんぴ》で保守的な田舎で、私たち日本人のための法要が滞りなく執り行えたのは、ひとえに劉宝山氏のご協力の賜物と、私たち一同彼に感謝の気持ちを表した。日本人遭難者の法事を現地中国のお寺で執り行ったのは、これが最初ではないかと思われた。それも、多くの中国の方たちのお世話で執り行うことができて本当にありがたかった。

今回の法事を無事にすませ、戦後半世紀あまりずっと気にかかっていた親族の法要を、それも襲撃現場で行うことができて、今まで抱いていた心の重荷が少しは軽くなったように感じた。

私たちは、一別以来、半世紀間の出来事を伝えあうことができたのだろうか。あまりに多い話題に何から話せばよいのか迷うことばかりだった。それからというもの、私は毎年のように宝清のお寺へ預けた位牌を拝むために、十年間ほど通った。その都度、劉氏や陳氏と、以前文夫がお世話になっていた于さん宅を訪れた。

二〇〇九年八月に宝清《ほうせい》を訪れたとき、今まで元気だった戦友たちも、それぞれ歳をとっている人は病《やまい》で入院生活となり、身体も思うように動かなくなってきた。いつまでも位牌《いはい》を宝清のお寺へ預けておくのも劉氏たちの重荷になると思い、日本へ持ち帰って、今では自宅で供養している。その間、毎回訪中するたびに劉氏と「多くの人たちが葬られた現地に、せめて石碑一つでも建てられないか」と相談したことがあるが、彼曰《いわ》く「中国国内にもたくさん悲惨な犠牲者が出ているが、誰もそのような扱いを受けていない中で、日本人の犠牲者のために碑を建てることはできないし、また心ない人たちに粗末に扱われる心配もあるから」といわれた。私も全くその通りだと納得したのだった。

宝清《ほうせい》の戦車隊当時の戦友たちも、寄る歳波《としなみ》に逆らえず、一人また一人とこの世を去り、今では劉宝山《りゅうほうざん》氏一人だけになってしまった。寂しい限りだ。しかし、私は劉宝山氏との交流を自分の体力が許す限りは続けていきたいと思い、今年もまた宝清県を訪れた。

一九九五年八月以来、慰霊のための宝清行きは、密山《みつざん》の貧困学生に幾ばくかの義捐金を届けている九州日中平和友好会の密山訪問と同じ道順のため、毎年同行して今日に至る。今年は、現地密山政府の皆さんから異口同音に

「皆さんは、はるばる日本から交通費も自費で、中国の貧困児童学資援助のために密山を訪問される。その熱意こそが子供たちへの最大の精神的な教育になります。これは金銭的な多寡《たか》の問題ではないのです」といわれ、日中平和友好会の運動に感謝し、私たちを勇気づけてくれた。どんな難しい仕事でも継続こそが力だということが証明された一瞬だったと思う。

2010年３月、戦友を見送った北海公園を60年ぶりに訪れることができた著者（右端）とその家族

　九州日中平和友好会の密山行きの傍《かたわ》ら、密山から一〇〇キロメートルほど奥地にある宝清へ足をのばし、昔の戦友・劉宝山氏宅を訪れ、両親たちの襲撃現場へ行き焼香するのが私の一つの生きがいとなったようだ。例年、干害に悩まされる中国東北部だが、今年は異常気象で豪雨に荒らさ

れ、一路その被害の爪あとを横目に見ながら宝清へ向かった。八十歳過ぎの一人旅もまだ終わりそうにないようだ。

主要参考文献一覧

■書籍

金田一京助ほか編『新明解国語辞典 第二版』三省堂書店、一九七二年

矢吹晋著『中国人民解放軍』講談社、一九九六年

太平洋戦争研究会著『日本陸軍がよくわかる事典』ＰＨＰ研究所、二〇〇二年

松野誠也編・解説『十五年戦争極秘資料集 補巻20――満洲国軍の現況』不二出版、二〇〇三年

松村明・三省堂編修所編『大辞林 第三版』三省堂書店、二〇〇六年

今尾恵介・原武史監修『日本鉄道旅行地図帳――歴史編成 満州樺太』（新潮旅ムック）新潮社、二〇〇九年

■論文・雑誌

玉真之介著「満洲林業移民と営林実務実習生制度」（「青森県史研究」第八号、二〇〇三年）

半澤典子著「ブラジル・ノロエステ地方における日本語新聞の果たした役割」（「立命館言語文化研究」第二十六巻四号、二〇一五年）

■インターネット

ブラジル移民の一〇〇年（国立国会図書館）http://www.ndl.go.jp/brasil/

九州の近代土木遺産（公益社団法人土木学会西部支部）http://www.jsce.or.jp/branch/seibu/index.html

コトバンク https://kotobank.jp/

ｗｅｂｌｉｏ辞書 https://www.weblio.jp/

最後に一言　あとがきにかえて

一九九八（平成十）年年末、東京の商社を退職するにあたり、会社の先輩から会社を離れると世の中はすべて資格がものをいうので、今からでも国家試験の中国語通訳案内業の資格を取得した方がいいですよ、と助言がありました。私自身、以前よりその制度のことは知っていましたが、会社に所属している限り別段何不自由なく仕事ができたので、あまり関心がありませんでした。しかし一人社会へ出るとなると、やはり資格がものをいうことを悟り、翌年から老体に鞭打って、受験のために猛勉強をはじめました。その当時、合格率は六・九％ほどの狭き門で、外語大学出身の人でも一回でパスするのは難しいといわれており、私はただ当たってくだけろ程度にしか思っていませんでした。

ところがどういう風の吹きまわしか、小学校も満足に終えていない私がめでたく六・九％の合格者に残ることができました。その後、九州通訳協会、福岡中国語通訳協会、長崎通訳案内士協会などに籍を置き、各地の通訳業務に従事することになりました。その中で、私の記憶に残る最大の仕事は、第二次世界大戦時に中国大陸から強制的に日本へ連行され、炭鉱、鉱山、港湾建設や僻地での重労働に酷使され、戦後は一銭の賃金も払われずに帰国した人々の名誉回復と賃金の支払いを求めて日本各地で起こされた裁判で、原告側通訳を福岡、長崎、宮崎などで行ったことでした。かたくなに国と企業の責任を認めなかった法廷も、最後に非道を働いた企業と原告との間の和解の道を残しました。その勧告に従い、永い間の話しあいの結果、二〇一六年六月一日、北京のホテルニューオータニ会議室で株式会社三菱マテリアルと原告三七六五名の和解調印式が執り行われました。一介の通訳の出る幕ではなかったですが、まわりの皆さんのご配慮のおかげで、私も末席を汚すことができました。それは苦労したことが報われた一瞬でした。

世界がグローバル化した今では、清潔で、礼儀正しく、美しい国・日本へ世界各国から観光客が押し寄せてくるようになってきました。長崎県北部の西海国立公園へも、毎日のように中国、東南アジアの華僑、台湾、香港、韓国から大勢の観光客が訪れるようになりました。すでに歳老いた私も何か役に立てばと思い、今では大型客船が寄港する佐世保国際港や西海国立公園内で観光客に対する言葉のボランテイア活動を行っている毎日です。

私がこの拙い一文を残そうと考えるに至ったのは、大日本帝国がはじめた侵略戦争の結果、己の足跡一つ残すことなく哀れにも極北の地で賊の凶弾に倒れ、異郷の地に骨を晒すという悲惨な目にあった、両親や姉たちの姿を少しでもこの世に残したいという一念と、悲惨な戦争時代を知らない若い人たちに戦争の理不尽さとその悲劇を知ってもらい、金輪際あの百害あって一利ない戦争を繰り返すことのないよう願うためです。

現在の社会は、あの暗黒の昭和初期に何と似ていることでしょうか。いつの政権も己の都合がよいように、どんな悪法もすべてオブラートに包みこんで国民を騙すものです。

現政権は、「特定秘密保護法」や「集団的自衛権」もすべて日本国民のためだと強弁するが、日本国民の誰が自分の自由を束縛する特定秘密保護法や、外国のために地球の裏側まで赴いて日本とは全く関係のない戦争への参加を願うでしょうか。太平洋戦争も「東洋平和のため」と称し、人々を侵略戦争に駆り立てました。いつの世も戦争の前には決まって言論統制をしかけてきたのも歴史が示す通りではないでしょうか。

日本の年表を見ると、昭和初期、日本の議会制政治は踏みにじられ、すべて軍に牛耳られて、軍の意のままに操られる国でした。私が生まれる直前の一九三一（昭和六）年九月十八日、関東軍の一部の将校の独断で満鉄爆破事件（柳条湖事件）を惹起し、その後、間をおかずに日本軍は中国東北全域（内蒙古の一部を含む）を占領し、翌年傀儡政府「満州国」を設立。満州を日本の生命線と豪語していました。

一九三二（昭和七）年七月には盧溝橋事件をきっかけに中国華北に戦火を広げ、上海、南京と日本を飽くなき侵略戦争の泥沼へ引きずり込み、最後は日本国を敗戦という奈落の底へと導きました。日本が軍備拡大に奔走した一八九四（明治二十七）年の日清戦争以来、一九四五年の敗戦までのわずか五十一年で、日本全土は灰燼《かいじん》と化し、四百万人近くの尊い軍民犠牲者を出したのでした。その勢いは、まさに崖から転げ落ちる岩の如くで、一直線に破滅へと突き進んだのではないでしょうか。

その後、幸い日本は平和憲法のもとで、平和裏に戦後七十三年を迎えました。平和維持活動で海外へ出た自衛隊も一人の戦死者も出さず、また一人の外国人も死なせずにきました。日本は武力を行使することなく、一貫した平和活動に貢献したからこそ、世界の人々から歓迎され信頼されてきたのではないでしょうか。

その間、経済的にも世界屈指の成果をあげました。これはまさに、世界中探しても二つとない平和憲法のおかげではないでしょうか。それをなぜ、今世界中の人たちの羨望の的である平和憲法をかなぐり捨てて、戦争ができる「普通の国」になることを画策するのでしょうか。一体現政府は日本をどこへ導こうとしているのでしょうか。誰もあの暗黒な戦前社会の再来など望んではいません。

世界に二つとない日本の平和憲法を自分の好き勝手に解釈し、己の仲良しばかりを集めた、いわゆる法制審議会などで審議した結論を国会に諮る現首相の振る舞いは、議会制政治を無視した現平和憲法のハイジャック行為そのものではないでしょうか。憲法を改正したいのであれば、正々堂々と国民に諮るのがまっとうなやり方ではないですか。姑息な憲法解釈の変更で無理やり通すやり方は、どう考えても納得いくものではありません。

先の戦争で大切な両親や姉たちを一瞬の間の失い、当時まだ小学生だった私と弟は北満の地で九死に一生を得て、筆舌につくしがたい体験をしてきました。そのような経験をしてきた者としてこの平和憲法の改竄は絶対に座視できないことです。

裕福な家庭環境の中でおんぶ日傘で育った若い人たちは、苦しく悲惨な戦争時代のことなど何も知らないからそのような火遊びができるのではないですか。

老い先短い私などは、まったくの過去の人といっても過言ではないですが、これからの日本を担う若者こそ自分たちの将来のために、そして日本人であれば誰もがこの一連の卑怯なやり方に対して声を上げるべきだと思います。

昔から「歴史を軽んずる者は将来を誤る」といわれます。もう一度日本の近現代史をよく読み解いて、二度と安易に武力に頼ることのないように心から願うものです。

歴史は繰り返す。それは人々に気付かれないように姿をかえて。中国には「温水煮鴨」(ぬるま湯であひるを煮る)という言葉があり、日本語には「親の罰と小糠雨は当たるが知れぬ」、韓国語には「小糠雨に服がぬれるのも気付かない」という諺があります。これは人々が気づいたときにはすでに手遅れだという意味です。

かつての日本政府と傀儡国家・満州国との主従関係と今の日米関係がなんと似ていることか。米軍の一部として組み込まれる自衛隊と、関東軍の一部に組み込まれていた満州国軍の双方には、何ら自主権はなかったのではないですか。

あえてその両者の違いをいうなら、今の日米関係は、過去の日満関係以上に柔順で自ら主に気に入られようと気前よく自主権を売り渡そうとしているだけの話ではないのでしょうか。

一九四五年八月の敗戦に至るまで、私たちは散々国家に翻弄され、騙されてきました。戦後は北満に遺棄され、生死の間を彷徨ってきた者の一人として、もう二度と騙されるのはごめんです。

戦中戦後、日本人はまったく未曾有の人的または物的な被害を受けたのち、敗戦の末にようやく手にした貴重な平和憲法ではないでしょうか。平和憲法こそ世界人類全体にとっての宝物だと思います。日本のリーダーと称する人は、一旦事故を起こせばその対処法すら定かでない原発の再稼働を宣言することや、自分の足元の日本国内でさえ安全に制御できない原発を海外へ拡販するより、もっと声高に平和憲法の素晴らしさを世界に向けて叫ぶべきではないでしょうか。それは今からでも決して遅くはないと思います。

私達一族は、一九四五（昭和二十）年八月十五日、ソ連軍の満州侵攻からわずか一週間の短い間に、両親と二人の姉、二人の幼い甥、何人もの人たちを失いました。明治以来、富国強兵の号令のもと、もっぱら戦争に明け暮れた最後の姿でした。

一八九四年の日清戦争から一九四五年のわずか五十一年間に、日本は全滅しました。戦後の平和憲法のもと、一九四五～二〇一八年の平和な七十三年が私には宝に見えます。引き続く内戦で難民と化し、他国をさまよう人たちにとって、日本はまさに天国のように見えることでしょう。平和ほど尊いものはありません。

「落葉して根に帰る」。この言葉の典拠は、中国宋代の『景徳伝記録』巻五です。「落葉は土と化して根に帰り、次世代の肥やしとなる」という意です。その昔、遠方のシルクロードの辺境へ出稼ぎに出た人たちも歳老いて最後には自分の故郷へ帰り、己一生の蓄えをもって一族の生活の基礎をつくったとのことからきています。私があえてこの言葉を書名に選んだのは、私の拙い一文が、現今の乱麻の如き世相の中を生き抜き、切り開いていかなければならない重大な使命を背負った若者たちが、四百万名近い犠牲の末に手にした尊い日本の平和憲法を守り、さらに磨きをかけていくために、ひとかけらの「他山の石」とならんことを乞い願ってのことです。

筆を握るのが大の苦手な私の粗雑な文章に対して、多くの方々から熱意を込めて温かいご支援とご協力をいただきました。心から御礼申し上げます。改めてお名前を記し、感謝のしるしといたします。内田雅俊、鎌田慧、松岡肇、平野伸人、福田正三、渡辺豊（五十音順）の各氏。海鳥社杉本様、原野様には多大なお世話になりました。誠にありがとうございました。

二〇一八年八月吉日

長谷川忠雄

長谷川忠雄（はせがわ・ただお）

1933年ブラジル・サンパウロ生まれ。1940年秋に帰国後、同年初冬に中国黒竜江省富錦県へ家族とともに移住。1945年8月9日、ソ連軍の侵攻にあい、富錦街より避難。命がけの逃避行の途中で姉2人と生き別れたうえに両親を匪賊に殺害され、弟と2人中国に取り残される（著者12歳、弟10歳）。宝清県日本人収容所に収容され、のちに東北民主聯軍に参加。1953年3月に帰国。造船会社や商社勤務を経て、現在に至る。今は得意の中国語を活かし、通訳のボランティアなどで活躍する。

落葉《らくよう》して根《ね》に帰《かえ》る　満州《まんしゅう》にとり残《のこ》された少年《しょうねん》の戦争《せんそう》と戦後《せんご》

■

2018年9月29日　第1刷発行

■

著者　長谷川　忠雄

■

発行者　杉本　雅子

発行所　有限会社海鳥社

〒812-0023　福岡市博多区奈良屋町13番4号

電話 092（272）0120　FAX 092（272）0121

http://www.kaichosha-f.co.jp

印刷・製本　有限会社九州コンピュータ印刷

［定価は表紙カバーに表示］

ISBN978-4-86656-038-0